친애하는

세상의

모든

도서박원에게

2023.9

연여름

2학기 한정 도서부

2학기 한정 도서부

연여름

위즈덤하우스

「이제 나를 자유로이 놓아주시오」

도하는 민트색 점착식 메모지 위에 적힌
손 글씨를 한참 바라보았다. 메모는 사물함
속 반납해야 할 책 위에 놓여 있었다. 다른
내용 없이 그 한 줄이 단정하고 야무진
필체로 쓰여 있었다. 특히 받침이 있는 글자와
없는 글자 사이의 균형이 신기할 정도로
좋았는데, 그래서 처음에는 컴퓨터로 작성된
인쇄물이라고 생각했으나 메모지 뒷면에 번진
잉크 자국을 보고 손 글씨임을 깨달았다.

사물함의 문틈이란 무언가 낙하하다 우연히 비집고 들어갈 그런 틈은 못 된다. 이 메모는 아침만 해도 없었으니 학교 일과 중 누군가 넣었다는 뜻이었다. 하지만 필체가 달필이라는 것 외에 다른 건 짐작하기 어려웠다.

메모지를 쥔 채 도하는 복도 좌우를 살폈다. 사물함을 여닫거나 두셋씩 짝을 지은 아이들이 복도를 드문드문 채우고 있었지만 이쪽을 향한 시선은 없었다. 지난 두 달 그랬듯 모둠 활동이 아닌 이상에야 도하는 혼자였다. 졸업을 겨우 한 학기 앞두고 전학 온 것도 모자라 1년 유급생이기까지 한 도하에게는 이상할 것도 없었다. 사교와도 거리가 멀어 원래도 친구는 없는 편이었다.

정체불명의 메모지를 교복 상의 주머니에 찔러 넣고서 도하는 책 네 권부터 가방에 옮겨

담았다. 지금은 서둘러야 했다. 연체된 책들을
오늘까지 반납하지 않으면 교내 봉사 활동을
해야 했기 때문이다.

3학년 교실이 있는 본관을 벗어나
별관으로 향했다. 도서관은 별관 건물
3층으로 도서관 입구에 가까워질수록
책냄새가 천천히 밀려오기 시작한다. 도하는
걷는 속도를 늦추며 그 순간을 잠시 음미했다.
오늘은 반납 때문에 마지못해 왔지만, 도하는
원래 도서관이라는 공간을 무척 좋아했다.

그래도 사서 교사에게 잔소리 한마디는
듣겠지 긴장하며 입장했을 때, 텅 빈 카운터가
도하를 맞았다. 마침 잘됐다고 생각하며
도하는 당장 자가 대출 반납기로 직행했다.
장기 연체자라는 떳떳하지 못한 입장도
있었지만, 무엇보다 사서 교사의 '강제 대출'을
피하고 싶어서였다.

이 학교 도서관은 깨끗하고 아늑한 시설에
비해 자발적 이용자는 적었다. 신도시 개발에
맞춰 개교한 지 3년밖에 안 된 중학교라 학생
수도 적어 분위기 자체가 썰렁한 편인데
도서관은 한술 더 떴다. 모든 학년 전 학급이
국어 과목을 월 1회 도서관 활용 수업으로
진행하도록 정해져 있지만 붐비는 건 오직
그때뿐인 듯했다.

방과 후의 도서관은 사서 교사만 있는
풍경이 대부분이었다. 간혹 수업 자료를
찾는 교사나 학생이 보여도 소수였다. 눈에
익은 얼굴이 있다면 고개만 살짝 까딱하며
알은체하는 3학년 명찰 색깔의 안경 쓴
여학생 하나뿐이었다. 하지만 엄밀히
말하자면 그 애는 이 세상의 존재가 아니니
정식 이용자라고 할 수는 없었다.

이 도서관에는 도서부도 없었다. 대신

각 반에 도서부장이라는 직책이 있는데,
지난 두 달간 도하가 살핀 결과 도서관에서
지정해준 월간 학급문고 옮겨 나르기, 월
1회의 수서(收書) 회의가 활동의 전부였다.
그것마저도 실제로 이루어지는 회의가 아닌
의견서 제출로 대신했다.

　때문에 누구라도 방문하면 일단 사서
교사의 눈에 띄게 마련이었다. 그 희소한
사람들 중 하나였던 도하는 도서관 이용
첫날 사서 교사에게 황당한 요구를 들었다.
사서 교사는 책 한 권을 내밀며 "이것도 같이
대출해줘요. 괜찮죠?"라면서 마음대로 도하의
학생증 바코드를 찍었다. 그 책은 《죄와
벌》이었다.

　물론 사서가 이용자에게 책을 추천할
수는 있다. 그러나 그건 추천이 아니라
요구였다. 일명 강제 대출. 도서관을 이용하며

난생처음 겪는 일에 당황해 거절할 타이밍도 놓치고 말았다.

큰 키를 감싼 검은색의 긴 원피스 정장에 어깨에 닿을 듯 말 듯한 생머리, 음울하다고 해야 할지 오만하다고 해야 할지 구분 짓기 어려운 인상의 교사가 그런 요구를 해오면, 이건 뭐지 싶으면서도 일단 주눅 들지 않을 도리가 없었다. 동급생들보다 한두 뼘은 더 큰 도하에게도 사서 교사의 압도감은 예외가 아니었다.

전학한 지 2주가 흘렀을 때, 국어 수업이 끝난 후 아이들의 잡담을 듣다가 강제 대출의 이유를 어느 정도 알게 되었다. 사서 교사는 월별 대출 실적을 교감에게 보고해야 하고, 보고서 작성에는 최소한의 통계가 필요해서였다. 그런데 강제 대출은 학생들이 도서관 이용을 꺼리는 데 무시 못 할 이유이기도 했으니 악순환인 셈이었다.

자칭 도서관 애호가로서 도하는 그렇게 내밀어진 책도 일단 군말 없이 받아 오긴 했다. 그러나 결국 안 읽은 그대로 반납하기의 연속이었다.

그도 그럴 것이, 사서 교사가 건네는 책에는 취향도 기준도 없었다. 마지막으로 대출당한 책이 이번에 연체된 네 권 중 세 권으로 《버섯의 일생》과 《히말라야 셰르파》, 그리고 《체호프 단편선》이었다. 표지는 셋 다 무척 깨끗했고 정작 책을 내민 당사자도 과연 읽긴 했을는지 의문부터 들었다.

도서관은 취향을 존중받아야 마땅한 곳이다. 그걸 무시하는 사서와 매번 부딪치는 흐름은 도무지 유쾌하지 않았다. 그래서 도하 자신의 의지로 대출한 《미스터리 언더그라운드》 한 권만 읽은 채로 발길을

끊었다가 연체로 이어진 것이었다.

책들을 반납 처리 하자 우측 바로 곁 서가에 신착 도서의 행렬이 보였다. 이 학교의 도서관에는 매주 월요일 새 책이 입고된다. 오늘은 열 권 남짓 되는 듯했다. 그중 좋아하는 작가의 신작이 눈에 띄었다. 《한낮 서울 괴담》. 두께가 3센티미터는 되어 보이는 탐스러운 양장본이었지만 도하는 당장 손을 뻗고 싶은 충동을 가까스로 내리눌렀다. 연체 때문에 당분간 대출은 불가한 신세다. 빈손으로 돌아서자 옆 서가에 있던 안경 쓴 3학년 여학생이 의아한 시선으로 도하를 바라보았다.

그렇게 도서관 입구를 나설 때였다. 여태껏 있는 줄도 모르고 지나쳤던 출입문 왼편에 걸린 게시판이 눈에 들어온 것은. 정확히는 거기에 부착된 '이 책의 한 문장'이라는 제목의 롤링 페이퍼였다.

A3 사이즈 색지에 《제인 에어》에서 발췌한 짧거나 긴 문장이 스무 가지 넘는 필체로 한 바닥 적혀 있었고, 제목 우측에 쓰인 반명으로 보아 2학년 2반의 국어 수업 흔적이었다.

도하는 자기도 모르는 사이에 사물함에서 발견한 메모지를 꺼내 들고 롤링 페이퍼 속 손 글씨와 찬찬히 대조해보았다. 하지만 롤링 페이퍼에는 손 글씨인지 아닌지 구분이 어려울 정도의 달필은 없었다. 좀 더 눈에 잘 들어오는 필체나 영 알아보기 어려운 악필 등은 고루 분포해 있었으나, 메모에 비하자면 전부 평이하기만 했다.

적어도 이 메모 작성자가 현재 2학년 2반 재학생은 아닌 모양이었다. 그리고 문득 이런 생각이 들었다. 의미가 모호하기 짝이 없는 이 메모지 속 문장은 작성자의 생각이나 말이 아니라 어떤 책의 인용이 아닐까, 라는.

사물함에 몰래 넣는 손 글씨의 목적은 보통 셋 중 하나였다. 러브레터이거나 괴롭힘이거나 직접 말로 하기 어려운 용건이거나. 이 문장은 그 셋과는 거리가 멀어 보였고 특히 '놓아주시오' 같은 어투는 이런 롤링 페이퍼 속 문장과 어딘가 비슷한 인상이 있었다. 예스러운 번역 투라고 해야 할까.

그렇다면 대체 누가 이런 걸 굳이 정성스러운 필체로 옮겨 써서 누군가의 사물함에 넣는 수고를 하는 걸까. 대체 무엇을 위해서.

「이제 나를 자유로이 놓아주시오」는 솔직히 그리 인상적인 구절도 아니다. 이야기 속 인물들은 대체로 위기에 빠져 있고, 비슷한 문장을 가진 소설이 수천수만은 될 것 같았다.

어쩌면 제인 에어도 소설 속에서 비슷한 말 한마디쯤은 하지 않았을까?

"고전문학에 관심이 있는 줄은 몰랐네요."

순간 생각을 비집고 들어온 높낮이 없는 목소리에 도하는 화들짝 놀랐다. 사서 교사가 바로 옆에 서 있었다. 결국은 걸렸구나. 어떤 책을 또 무겁게 대출당해야 할까. 마음도 덩달아 무거워지려던 그때, 아주 중요한 깨달음이 도하에게 찾아왔다. 그렇다. 어차피 오늘은 대출이 안 된다. 무엇을 권유하든 앞으로 22일간은 규정상 대출 정지 기간이다. 따라서 사서 교사의 실적에 도움을 줄 수 없다.

마음이 평정을 되찾자 평소에는 눈에 들어오지 않던 사서 교사의 명찰도 선명히 보였다. 은색 명찰에는 검은색 글씨로 '사서 교사 가문비'라고 새겨져 있었다.

"그냥 필체를 보고 있었어요."

도하는 문비에게도 메모지를 보여주었다.
그리고 이런 게 사물함에 있었는데 자기가
모르는 이 학교의 문화 같은 게 있느냐고
물었다. 예를 들면 책 속 명문을 적어서
친구에게 몰래 전해주기 같은.

"글쎄요. 그런 유익한 문화를 여러분들이
자발적으로 선도할 가능성은 전혀 없다고
보는데요."

문비는 메모지를 돌려주며 시큰둥하게
말했다. 체념인지 훈계인지 모호했으나
도하의 의견도 크게 다르지는 않았다.

메모를 쓴 사람은 학생일 수도 있지만,
교사일 수도 있다. 어쩌면 학교 바깥에서
흘러온 누군가의 소지품일지도 모른다.
아무튼 누군가 분실했거나 버렸는데, 다른
사람이 주웠고 근처에 있던 사물함의 아무

칸에나 장난삼아 넣은 것. 그런 우연들이 겹친 싱거운 흐름이라고 보는 편이 가장 그럴듯할 것 같았다. 굳이 의미를 따지고 들어갈 만한 일이라는 근거는 없었다.

이 메모지가 괜히 신경이 쓰이는 이유는 지난 학교의 잔상이 아직 가시지 않아서다. 그저 그뿐이라고 도하는 생각했다.

"그런데 오늘 대출은 안 되겠고, 봉사 활동은 바로 시작할 건가요?"

"네?"

느닷없는 문비의 질문에 도하는 그만 돌리려던 걸음을 멈추고 되물었다. 봉사 활동? 잠시 메모 생각에 빠져 있느라 잘못 들은 줄 알았다.

"연체 22일 차니까요. 담임선생님께 그렇게 전달드렸는데."

"오늘까지는 세이프인데요."

"아니죠. 오늘부터 방과 후 교내 봉사 활동 대상이에요. 22일간. 하루 한 시간."

원체 억양이 없는 말투라 '부터'에 세운 각도가 문비의 서늘한 눈빛만큼이나 도드라졌다.

"여기……서요?"

도하는 확인차 물었다. 오늘까지인지 오늘부터인지 담임에게 다시 확인할 필요가 있다고 생각하면서. 문비가 말했다.

"봉사할 곳 선택은 가능하지만, 그래도 여기가 낫지 않겠어요?"

기본적으로는 도하의 생각도 같았다. 시간을 보내기 좋고. 읽을거리 많고. 누군가와 억지로 어울릴 필요가 없는 동시에 소외감도 주지 않는 보통의 도서관이었다면 말이다.

문제는 이 도서관이라서였다. 이런 나무토막 같은 선생님과 같은 공간에서

보낼 적막한 시간, 그리고 원치 않는 취향의
강요는 생각만 해도 벌써 숨이 막혔다. 어쩌면
그 강요를 다른 학생에게 하도록 도하에게
위임할지도 모를 일이었다. 싫다. 정보인권
침해다.

"저는 미화부에서 줍깅*하려고
했습니다만."

미화부가 있는지 아닌지도 모르면서 일단
그렇게 말해두었다.

"음, 벌칙 봉사 활동이라도 이왕이면
재능을 살리는 게 좋겠다는 의견이지만······
학생 본인이 환경문제에 더 관심이 있다면
강요할 수는 없겠죠. 다음부터 연체는
주의해주세요."

• 걷거나 뛰면서 쓰레기를 줍는 활동인 '플로깅'을 한국
식으로 부르는 말.

문비의 어투는 여전히 건조했다. 다만
《버섯의 일생》을 들이밀 때와는 다르게
순순히 물러나버려서 도하는 왜인지 김이
살짝 샜다.

그러나 이틀 후, 결국 도서관으로
돌아왔다.

줍깅을 위해 방과 후 담임에게 종량제
봉투 하나를 가득 채워 오라는 지시를
받으면서, 한 2학년 녀석과 한 조로 돌아야
한다는 덤을 받은 것이 모든 일의 시작이었다.

"1년 꿇었다는 거 실화예요?"

백금발 머리카락의 아이돌 기획사 3년
차 연습생이라는 2학년은, 도하와 둘만 남자
집게로 딱딱 소리를 내며 그렇게 물었다.

"응."

"왜요?"

"병가."

"에이…… 형 완전 건강해 보이는데, 솔직히 다른 거죠? 무슨 사고 쳤는데요? 내가 이 구역 대나무 숲이니까 말해봐요."

적당히 대화를 끊으려 해봤지만 2학년은 그럴 생각이 없어 보였다. 사적인 질문은 하지 말라고 했더니 알았다면서 자기 이야기를 시작했다. 신도시로 이사 오는 바람에 서울까지 연습 다니기 힘들어 죽겠다는 장광설이 이어졌다. 도하가 잘 모르는 연습생 세계에 관한 이야기는 끝이 없었고, 알아들을 수 있는 단어도 거의 없었다.

가까스로 채운 종량제 봉투를 담임에게 반납할 무렵에는 도서관의 넉넉한 고요함과 여백이 간절해져 있었다. 동시에 사서 교사 가문비의 말도 다시 떠올랐다. '이왕이면 재능을 살리는 봉사 활동'이란 대체 무엇이었을까.

문비에게는 도하의 적성을 판단할
만한 근거가 달리 없었다. 대출 이력이라면
괴담이나 판타지를 즐겨 읽는 정도다. 그걸로
뭘 알 수 있을까 궁금했다. 아니면 단순히
도서관을 좋아하는 것 같다는 의미였을까?

이튿날 도서관을 다시 찾았을 때, 카운터
너머의 문비는 책 속 낙서를 지우개로
지우면서 이렇게 말했다.

"2학기 한정 도서부로 활동하면서 이수정
학생의 독서 활동을 도와주면 좋겠어요."

단순 봉사 활동이 아니라 도서부라고?
이 도서관은 도서부 같은 거 있지도 않잖아.
그리고 이수정은 또 누구고? 처음 듣는
이름인데? 도하는 속으로 연이어 물었다.

"신착 도서 서가에 책등 읽고 있는
학생이요."

문비의 그 말에 도하는 서가 방향을

돌아보았다. 도서관에 들어올 때만 해도
자신과 문비 외에 다른 이용자는 없었는데,
미처 못 봤던 누군가 있기라도 했던 걸까
생각하면서.

　그러나 신착 도서 코너를 포함해 시야
안에 다른 이용자는 한 사람도 보이지 않았다.
적어도 물리적인 신체를 가진 진도하와
가문비 같은 인간은. 거기엔 3학년 명찰의
안경 쓴 반투명한 혼(魂) 하나뿐으로, 지금도
고개를 까딱하며 인사하는 그 존재는 도하의
눈에만 보여야 했다.

　도하는 설마 하는 마음으로 안경 쓴
3학년의 혼에게 한 걸음 가까이 다가가
처음으로 그 명찰을 확인했다. 거기에는
이수정이라는 세 글자가 새겨져 있었다.

　"인사는 항상 주고받는 것 같던데. 이번
기회에 이름 정도는 알아둬요."

지우개 똥을 한 번 탈탈 털어내면서
문비가 말했다.

순간 등줄기가 서늘해졌다. 당연히
무서워서는 아니었다. 망자의 혼을 보는
일이야 도하에겐 새로울 것도 없고, 수정
같은 혼은 제 추억의 장소에 머물기 좋아하는
'유유자적파'라 누군가를 해할 의도도 없기
때문이다.

이 서늘함의 원인은 다름 아닌 사서 교사
가문비였다.

"그러니까…… 선생님도…… 보이세요?"

묻는 목소리가 떨렸다.

"네, 저도 재능이 약간 있어서요."

문비는 도하와 수정을 번갈아 보며
대수롭지 않은 듯 대꾸했다. 말문이 막혔다.
혼을 보는 눈을 '재능'이라 불러도 된다면,
같은 재능을 가진 사람을 도하는 지금 인생

최초로 만난 것이었다. 몇 년 전 처음으로
혼을 인식했을 때보다 몇 배는 더 큰
충격이었다.

"언제부ㅌ……?"

"일단 봉사 활동부터 마치고요. 나중에."

질문 폭발 직전인 도하의 얼굴은 아랑곳
않고 문비는 담담히 말했다.

"봉사 내용은 이용자 편의 개선이에요.
이수정 학생이 읽고 싶어 하는 신착 도서가
있는데, 아마 알겠지만 보통 혼은 스스로 손을
쓰기 어려우니 대신 책장을 넘겨주세요. 나는
몇 가지 일을 동시에 하다 보니까 자꾸 페이지
넘기는 타이밍을 놓쳐서 학생이 답답해해요."

"무슨…… 책이길래요."

강제 대출 전적도 있고, 생애 처음
동류를 만난 놀라움과는 별개로 기대는
조금도 없었다. 하지만 문비가 내민 양장본을

보자마자 어쩌면 그리 나쁘진 않을 것 같다는
생각이 들었다. 책의 제목은 《한낮 서울
괴담》이었다.

"고마워."

도하가 "안녕" 하고 목소리를 내
인사하면서 열람 탁상에 《한낮 서울 괴담》을
내려놓자 어느새 곁으로 슥 미끄러져
온 수정이 안경을 고쳐 올리며 새침하게
대꾸했다.

처음으로 들은 수정의 목소리는
작고 차가웠으며, 표정은 문비만큼이나
단조로웠다. 혼이어서는 아니다. 사람마다
성격이 다 다르듯 혼의 성격도 각양각색이고,
대체로 생전 성격을 고스란히 이어받는다.
수정은 원래 도도했을 것이다.

"뭐, 나도 어차피 읽으려던 거라."

매일 곳곳에서 혼을 보지만 도하가
그들과 대화를 나누는 일은 드물었다.
대부분의 혼은 도하가 자신을 알아본다는
사실을 알아도 고요하고 무신경하다. 그들의
최우선 순위는 자신의 '문턱'에서 만족할
만큼 시간을 보내는 것뿐이기에 낯선 산
사람에게는 크게 관심을 갖지 않는다.

그러나 몇몇 혼은 그런 재능을 가진
인간을 신기해하며 말을 걸어오고 싶어
하는데, 그럴 때 이쪽에서 먼저 목소리를
내주지 않는 이상 혼은 목소리를 낼 수 없다.
그래서 도하는 그런 혼과 눈이 마주치면
최선을 다해 모르는 척한다. 혹시라도 먼저
목소리를 냈다가 긴 대화에 시달리게 되는
일을 피하기 위해서다.

혹자는 비정하다고 하겠지만 이야기를
들어주자면 끝이 없기도 하거니와, 다른

사람의 시선을 의식하지 않기도 어려워서다.
그러나 지금은 그럴 필요가 없었다.

　도하는 이 도시로 이사 온 후에도
지나치는 건물 안에 있는 혼들을 창 너머로
제법 발견하곤 했다. 그런데 교내에서 마주친
혼은 수정이 유일했다. 교실이나 복도, 교무실,
특별실 어디에도 다른 혼은 없었다. 역사가
고작 3년인 까닭에 누군가 이곳에 감정이나
기억이 엉킨 상태로 사망했을 가능성 자체가
적기 때문일 거라고 도하는 생각했다. 역사가
긴 장소에는 그만큼 혼도 많다. 지난 학교가
그랬다.

　즉, 같은 교복을 입은 수정은 지난 3년
사이 망자가 되었고 죽음의 이유는 몰라도
세상 무엇보다 책을 좋아해서 '너머의
문턱'으로 여기를 골랐다고 봐야 했다.

　문턱은 한번 선택한 이상 '너머'로 가기

전까지 벗어날 수 없는데도 도서관이라니,
대단한 애정이 아닐 수 없었다. 도하의 짧은
경험에 비추었을 때 도서관은 망자에게도
그리 인기 있는 장소가 아니었다.

그런 의지로 머문 이곳에서 수정은 또래
이용자들이 읽는 책을 살뜰하게 훔쳐보고
싶었을 것이다. 그러나 이 도서관은 아무래도
그럴 만한 환경이 못 되었다. 문비의 말에
따르면 훔쳐볼 책이 없을 땐 종일 서가의
책등을 읽으며 순서대로 암기하기가
일상이라고 했다.

"넌 전학생이지?"

말수 적어 보이는 반투명 혼이라도
질문은 있었다.

"이사 때문에."

"나도 그랬는데. 이쪽에 아파트가
당첨됐거든. 엄마가 좋아했었어."

"넌 왜 곧장 '너머'로 안 갔어?"

곧장이란 사후 28일째를 말한다. 혼에게
28일은 죽음의 적응기다. 그 기간이 지나면
대부분의 혼은 기꺼이 너머로 향하고,
이승에서 좀 더 시간을 보내고 싶은 혼은
문턱에 잔류한다.

물어놓고 혹시 불쾌한 질문일까 싶어서
도하는 한 박자 늦게 아차 했으나 수정은 굳은
얼굴로 이렇게 대꾸할 뿐이었다.

"너라니, 선배라고 해. 존대하라고까지는
안 하겠지만."

선배라. 또래보다 한 살이 더 많은
유급생으로서 완전히 동의하기 어려웠다.
그렇다고 혼을 상대로 손위니 손아래니
따지고 싶은 건 아니었다. 알았다고 하자 혼
선배가 제 사연을 말했다.

"가족 여행 갔던 펜션에 화재가 있었어.

엄마는 먼저 너머로 가셨고."

수정은 대수롭지 않게 말했지만 도하는
유감을 전하며 명복을 빌어주었다.

"고마워. 그런데 넌 '너머'를 아네? 다른
애들은 저승이니 하늘이니 천국, 지옥 그런
단어밖엔 모르는데. 신기해라."

'너머'는 저승을 뜻하는 혼의 표준어다.
예전에 엄마의 혼과 대화를 나누다 알게 된
기본 상식이다.

"혼자 문턱에 남은 이유는 이거야. 이
작가의 신작은 몇 개 더 읽고 싶거든."

수정은 《한낮 서울 괴담》의 표지를
가리키며 말했다. 그 이유에는 도하도 고개를
끄덕였다. 이 작가 책이 재밌다는 건 부정할
수 없는 사실이었다.

"그리고 《유령 달력》 시리즈 알아? 멜라니
웨이크필드."

영국의 호러소설이다. 고어한 묘사가 도드라지는 작품이라 도하의 취향은 아니지만 영화로도 만들어진다고 떠들썩한 베스트셀러라 제목 정도는 알았다. 이 도서관에도 1권부터 3권까지 있다. 5권인가 6권으로 완결 예정이라는 작가의 인터뷰를 본 것 같기도 했다.

"그 시리즈 완결은 보고 너머로 갈 거야."

너머를 향한 계획을 이다지도 면밀히 짜두었다니, 문턱이 도서관인 것도 당연했다. 본격적인 독서를 위해 두꺼운 표지를 넘길 때였다. 문득 도하는 다른 게 궁금해졌다.

"그런데 말이야. 굳이…… 괴담이 읽고 싶어?"

수정은 지금까지 친절하게 독서 취향을 설명했는데 무슨 엉터리 같은 질문이냐는 표정으로 도하를 보았다.

"아니, 선배의 상황이 상황이니만큼……
혼 당사자로서 그전보다 재미가 반감되지
않을까. 그런 의미로."

"정말 어처구니없는 발상이네."

혼 선배가 코웃음을 쳤다.

"너도 살아 있는 사람이 등장하는 책 잘만
읽잖아."

단순명료하지만 생각도 못 한 정답이라
반박의 여지가 없었다. 그래서 도하는 곧장 첫
단편을 열어 혼과 함께하는 독서에 돌입했다.
너무 빠르거나 느리게 넘겨서는 안 된다는 혼
선배의 추임새를 몇 번 들은 다음에야 적당한
속도의 감을 잡았고, 한 시간 동안 단편 세
개를 읽었다. 작품은 역시 기대를 저버리지
않는 오싹함을 선사했다.

"저, 선배."

다음 날을 기약하며 자리를 정리하다가

도하는 책등 독서를 하러 떠나려는 수정을
불러 세웠다. 수정은 또 어떤 어리석은 질문을
할 거냐는 표정이었다. 도하는 가방에서
엊그제의 그 메모지를 꺼냈다.

더 이상 신경 쓰지 않겠다고 했지만 결국
버리지 못하고 오늘 교실에서도 주변의 몇
명에게 보여주었다. 그러다 의외의 이야기를
들었다. 앞자리에 앉은 여자애가 한 달 전
자기 사물함에도 메모지가 들어 있었는데, 그
필체와 같아 보인다고 대답한 것이다.

좀 더 자세하게 말해보라고 했다. 교실
맨 뒤 구석 자리에서 있는 듯 없는 듯 지내던
유급생이 먼저 이것저것 묻자 그 애는
어색해하면서도 기억을 더듬으며 조곤조곤
말해주었다.

메모 속에는 딱 한 문장이 쓰여 있었다고
한다. "나는 ○○○입니다." 누군가의

이름이었다. 특색이랄 건 없는 평범한
이름이라 그 세 글자가 기억에 남아 있지는
않지만, '말도 안 되게 잘 쓴' 이 글씨만은
분명하다고 말했다. 하지만 모르는 사람의
이름이 적힌 뜬금없는 쪽지라니 왠지 기분이
께름칙해져 곧장 버렸다고 했다.

　이전에도 같은 필체의 메모가 같은
방식으로 발견되었다. 그렇다면 그저 우연의
연속일 확률은 적다는 뜻이었다.

　그래서 수정에게도 보여주었다.
수정이라면, 도서관에서 전 학년의 필체를
골고루 훔쳐봤을 테고 아는 바가 있을까
싶었는데 짚이는 게 없다며 어깨를 으쓱일
뿐이었다.

　"어땠어요? 첫 봉사 활동은?"
　매점에서 사 왔을 우유와 빵을

내려놓으며 문비가 물었다. 벌써 5시가
넘었고 그렇지 않아도 출출하던 참이었다.
성장기 청소년에겐 네 입 먹으면 사라질
크기의 커스터드 크림빵이었지만 도하는
반색하며 봉지를 북 뜯었다. 독서에는
에너지가 꽤 든다. 달콤한 크림을 꿀꺽
삼키자 아까 전까지 생생히 느끼던 괴담의
으스스함은 어느덧 전부 녹아버렸다.
초코우유도 크림빵과 끝내주게 잘 어울렸다.

　　"선생님은 언제부터 아셨어요? 저의……
재능을."

　　다른 이용자가 없어서 규칙을 위반하며
카운터에서 빵도 먹는 거지만, 그래도
도하는 단어를 골라 물었다. 생각해보니
질문을 질문으로 받은 셈인데, 전혀 엉뚱한
반응이라고 할 수는 없었다. 그 재능이 매개가
된 봉사 활동이었으니까.

"처음부터. 이수정 학생이 인사를 건네는 사람은 나 말고 처음이었으니까요."

도하는 고개를 끄덕이면서 가만히 빵을 우물거렸다. 이어서 길고 어색한 침묵이 찾아왔다. 도하는 지금껏 이렇게 생각했다. 만일 자신과 같은 눈을 가진 사람을 만나면 하고 싶은 말도 묻고 싶은 말도 무진장 많을 거라고. 그러나 막상 그 상황에 이르자 무엇부터 물어야 할지 순서조차 정하기 어려웠다.

선생님은 언제부터 혼을 보셨나요? 저는 열 살 때 사고로 돌아가신 부모님을 처음 보면서였는데요, 같은 질문? 아니야. 도하에게 그랬듯이 어쩌면 그건 문비에게 상처로 남은 기억일 수도 있고, 그걸 안다고 해서 제 삶에 도움이 되지도 않을 것이었다. 아니면, 가끔은 귀찮거나 무섭지 않으신가요, 같은 질문? 역시

쓸모없는 질문이다. 그야 당연히 그렇겠지! 그걸 몰라서 묻는 거야?

아까 읽은 단편에 직장 사수가 신입 사원을 괴롭히며 "좋은 질문을 하는 것도 능력이다, 이 멍청아!"라고 하는 대사가 있었는데 왜인지 그게 떠올라 착잡해졌다. 물론 그 사수는 사무실 벽에 잠식되어 죽었고, 그 장면에서 혼 선배는 쿡 하고 웃었다.

"진도하 학생은, 일부러 신도시로 온 건가요?"

그사이 문비가 먼저 물었다.

"일부러라뇨?"

"아무래도 새로 지은 건물엔 혼이 덜 붐비기 마련이니까. 안식년 차원이랄까."

역시 연륜이 느껴지는 질문이었다.

"아뇨, 저는 누나랑 둘이 사는데, 누나가 이쪽 근처 병원으로 이직했어요."

신도시라지만 아직은 밭과 공터가
훨씬 많은 동네였다. 나이 차가 좀 나는
누나는 간호사로 일했고, 외진 지역의 의료
기관은 대체로 인력난에 허덕이고 있었다.
구직자로서는 주변의 인프라를 포기하면 급여
같은 조건은 오히려 좋은 편이었다.

"누나도 우리 같은 분?"

"아뇨, 누나는 아무것도 안 봐요. 제가
이런 건 알지만요."

"다행이네요. 병원 근무자에게 수월한
상황은 아닐 테니."

도하도 그것만은 몇 번이나 다행이라고
생각했다.

"그전 학교 도서관, 자주 이용했어요?"

사서 교사가 할 만한 평범한 질문이
이어졌다.

"아뇨, 전혀요."

대답은 어쩐지 계속 '아뇨'의 연속이었다.

"그게······ 제가 한 학기 넘게 학교를 거의
못 갔는데, 누나 신경 쓰이게 하긴 싫어서
집에 있긴 그렇고, 갈 데가 없어서 도서관을
처음 갔다가······ 그러니까 학교 도서관은
아니고 공립 도서관 다녔어요. 시간 죽이기가
좋아서요. 늦게까지 열고, 공짜고."

도하는 지난 1년의 상황을 일목요연하게
정리해보려 했으나, 어쩐지 시작부터
뒤죽박죽이었다. 지금까지 누군가에게
유급의 이유를 솔직하게 설명해본 적이 없는
탓이었다. 그 시절의 1년은 도하에게 다른
때보다 유난히 더 복잡하기도 했다.

"좋은 피난처죠. 도서관은."

가볍게 대꾸하는 문비는 어느새 자기
몫의 간식을 다 먹고 다시 지우개질에 매진
중이었다. 먹은 것을 정리하고 도하도 다른

책을 펼쳐 문비를 도왔다. 약속한 한 시간은
이미 지났지만 도서관은 어차피 시간을
보내기 좋은 곳이다.

도하는 듣는 사람의 입장을 고려해 지난
1년을 다시 정리해보기로 했다.

"지난 학교에서도 사물함에 메모가 꽂힌
적이 있어요."

메모라는 말에 문비가 도하를 흘긋
보았다. 수정도 어느새 근처 서가로 와서
책등을 읽고 있었다. 엿들어도 상관은 없었다.

"과학 수행평가에 같은 조가 되어줄 수
있느냐는 부탁이었어요. 괜찮다면 ○를 적어
자기 사물함에 답을 달라고."

보낸 사람의 이름이 적혀 있었기에,
이번처럼 누가 쓴 건지 궁금해할 필요는
없는 메모였다. 그러나 이름이 없었다고 해도
알았을 거다. 직접 말을 걸지 않고 이렇게

우회적인 방법으로 대화를 시도할 만한
녀석은 반에 딱 하나였다. 김주호.

성적은 보통에 유복한 환경에서 자란
아이였으나 소극적이고 수줍음이 많았다.
또래 남자애치고 체구도 목소리도 작았다.
시선은 언제나 아래를 향해 있었는데, 수업
시간에 발표할 때도, 가창 시험을 볼 때도,
누군가에게 말을 걸 때도 마찬가지였다.
존재감이 희미한 애였다.

그런 주호에게 대부분의 애들은
무관심했고 도하도 그중 하나였다. 그러나
몇몇은 '친구의 부탁' 또는 '장난'이라는
구실로 크고 작은 괴롭힘을 이어갔다. 언제가
시작이었는지도 모른다. 1학기 중반에 이르자
김주호는 암묵적으로 '그래도 되는 애'가
되어버린 듯했다. 나중에야 알았지만 주호는
채팅방에서 벌어진 괴롭힘 때문에 스마트폰도

사용하지 않았다.

"그래서, 같은 조가 됐어요?"

"네. 뭐, 제가 아니어도 선생님이 조는
어떻게든 만들어주겠지만. 그렇게까지
부탁하는데 거절하기도 뭐해서요."

도하는 자발적 아웃사이더였다. 굳이
구분해야 한다면 다가가기 싫은 애가 아니라,
다가가기 힘든 쪽이었다. 대체로 혼자
지내지만 스스로 그게 편하고, 다른 애들도
그걸 약점으로 보지 않는 그런 타입. 그래서
애들은 수행평가에 두 사람이 같은 조로 실험
관찰 보고서를 냈을 때도, '진도하도 예의상
한 번 상대해준 거겠지' 정도로 인식했다.

"그런데 그 후로 메모가 자주 왔어요."

'노트 좀 빌려줄 수 있어? 국어 수행평가
같은 조 해줄래? 만화 카페 같이 갈래?' 등등.

처음 몇 개는 승낙하고 몇 개는 거절하고

나중에는 답하지 않기도 했다. 도하는 혼자가 편했다. 친구가 생기면 함께 가야 할 곳이 늘어나기 마련이고 혼이 얼마나 있을지 알 수 없는 낯선 장소는 금세 피로해져서 불편했다.

그리고 반 애들이 주호를 보던 시선이 어느덧 자신에게도 비슷하게 다가오는 느낌 또한 편하지 않았다. 주호도 그걸 알았는지 한동안 메모는 없었다.

얼마 후 여름방학이 찾아왔고 그동안은 잠시 주호를 잊고 지냈다.

"개학하고 2학기 초반의 어느 날이었어요. 사물함을 아예 확인도 안 한 지 며칠 됐을 때인데…… 주호가 반투명해져서 자리에 앉아 있었어요."

지우개질을 하던 문비의 손이 순간 멈칫했다.

"바로 전날까지만 해도 아니었는데요."

그날 조회 시간에 담임은 주호의 부고를 전했다. 쉬는 시간, 며칠 만에 연 사물함에는 익숙한 글씨로 적힌 쪽지가 한 장 있었다. 「나 상담 센터에 가보려고 하는데 예약해두긴 했지만 처음이라서 좀 무서워. 그 앞까지만 같이 가주면 안 될까?」

"그래서요?"

잠시 침묵을 지키는 도하의 등을 밀듯 문비가 물었다. 같은 재능의 소유자로서 아마 그 뒤 어떤 생활이 이어졌을지는 대강 짐작했을 것이다.

"28일이 지나도 주호의 혼은 교실에 있었어요. 교실을 문턱 삼은 거예요. 처음 저를 부를 때 어쩌다 대답해버린 바람에 목소리도 계속 들려오는 채였고. 시간이 지날수록 그러니까…… 수정 선배와는 다르게 그걸 뭐라고 해야 하나."

사후 28일 후에도, 산 사람과 적당히 무심하게 어우러져 지내는 수정 같은 혼은 '유유자적파'다. 도하가 붙인 이름으로 문턱에 남은 혼은 대부분 유유자적파였다. 하지만 지나친 정념이나 의지에 사로잡힌 혼은 분노를 드러내며 폭주해 스스로 손을 쓰기도 한다는 사실을 도하는 주호를 통해 알게 됐다.

"빨간불이 됐군."

"빨간불이요?"

"나는 그렇게 불러요. 이수정 학생 같은 경우 초록불이고."

격노한 '빨간불'은 형체가 뒤틀려 있어 혼의 겉모습만으로도 바로 알 수 있다. 그래서 어떤 공간에서 우연히라도 빨간불을 맞닥뜨리면 피가 식는 것 같아도 도하는 최대한 아무렇지 않은 척하며 조심스럽게 지나치곤 했다. 그런 혼과는 눈이 마주치거나

대화가 얽혀서 좋을 일이 없다는 것을
본능적으로 알았던 것이다.

그러나 이미 말문을 터버린 주호를
무시하기에는 늦은 시점이었다. 주호는 매일
도하를 향해 울부짖었다. 이 애에게 이런
복수를 해줘, 재에게는 이런 복수를 해줘.
그러면 너머로 갈게. 부탁이야. 네가 그것만
해주면.

주호의 절규는 막을 방법이 없었고
당연히 그 요구를 들어줄 수도 없었다.

어느 날 수업 시간, 불현듯 목이 졸리는
감각이 찾아들었다. 숨이 넘어가도록 기침을
쏟아냈지만 의학적인 원인은 없었다. 주호가
손을 쓸 수 있게 된 것이었다. 분노의 대상은
이제 도하로 바뀌어 있었다. 도하는 혼을 볼
수는 있어도 진정시키는 법은 몰랐다.

그런 일이 몇 차례 반복되자 결국

교실에서 도망치고 말았다.

　물론 이런 사정을 곧이곧대로 믿어줄
사람은 없으니 공식적인 이유는 긴 병가로
인한 유급이었다. 그때 시간을 보내기 위해
선택한 곳이 공립 도서관이다. 거기서 1년을
박혀 지내며 평소에는 거들떠도 안 보던
소설을 읽게 됐다. 그리고 원래는 내년 봄에
중학 검정고시를 볼 계획이었지만 마침
누나의 이직이 있어 겸사겸사 이 학교로 복학
겸 전학을 오게 되었다는 이야기다.

　"혹시 그 친구가 특별히 좋아했던 책이
있어요?"

　그런데 사연을 모두 들은 문비의 질문은
다소 뜬금없었다. 도하는 고개를 갸웃했다.

　"글쎄요. 그 정도로 친했던 건
아니라서……."

　그리고 그게 왜 궁금한지 되물으려 할

때였다. 문비는 지우개질을 마친 책을 탁 소리
나게 덮으며 말했다.

"마감 시간이네요, 내일 이어서 할까요."

"너는 괴담을 왜 읽는 거야?"

오늘은 수정이 도하에게 물었다. 2학기
한정 도서부 2일 차로 《한낮 서울 괴담》을
이어서 읽어야 했다.

"도하 너야말로 문턱의 존재를 보면서
사는데, 이런 얘기 좀 허무맹랑하지 않아?"

"아니, 재밌어."

도하는 요점만 간단히 답했다. 1학년
명찰의 학생 둘이 막 도서관에 들어섰기
때문이었다. 탁상을 향해 혼자 말하는
사람으로 보이고 싶지는 않아서 잠자코
책장을 넘기기 시작했다.

수정의 의견도 일리는 있었다. 이런

괴담을 비롯해 이야기에서 서술하는 공포는
지나치게 과장되어 있거나 극적이라서 흠뻑
빠져 읽으면서도 한편으로는 많은 부분이
말도 안 된다고 생각한다.

그런데 주호와 학교로부터 도망친 1년,
시간을 죽이려 찾았던 도서관에서 어쩌다
시작한 독서를 통해 도하가 깨달은 뜻밖의
사실이 있다. 책 속의 이야기는 아무 때나
기대기 좋은 품이라는 것. 아니면 괴담보다
훨씬 복잡하고도 막막한 현실로부터 잠시
떠나갈 수 있게 도와주는 날개라는 것.

그러니까 그 '말도 안 되는' 환상이
현실에는 없던 안도를 가져와주곤 했다.
덕분에 지난 1년을 견뎠다고 해도 도하에게는
과언이 아니었다.

《한낮 서울 괴담》 속의 아주 짧은 단편
하나를 마치고 다음으로 넘어가기 전 잠시

고개를 들었을 때였다. 수서 회의 대체용
의견서를 가져온 1학년 도서부장에게 문비가
책 한 권을 내밀고 있는 모습이 보였다.

또 대출 강요다. 1학년은 쭈뼛거리며
마지못해 책을 받아 갔다. 저 책은 저
1학년에게 기댈 품도, 먼 곳으로 데려가줄
날개도 못 될 게 분명하기만 했다.

도하는 오늘의 봉사가 끝난 후 돌아가기
전 카운터 앞에 서서 결심한 듯 입을 열었다.

"선생님, 건의 사항이 하나 있는데요."

문비는 학교 도서관 업무지원 시스템
화면을 채워가던 중 타이핑을 멈추고 뭐냐는
듯 고개를 들었다.

"대출 강요는…… 인권침해라고
생각합니다."

문비 특유의 곧은 인상이 아주 살짝
비틀렸다.

"그래서? 학생부에 고발할 건가요?"

"그건 아니지만…… 관심 없는 책을
떠맡아 가는 건 아무래도 즐겁진 않으니까요."

문비는 "관심……"이라고 한 번
읊조리고서 일장 연설을 늘어놓았다.

"《버섯의 일생》은 다양한 버섯의 생식
과정도 잘 설명하지만, 일상에서는 결코 못 볼
진귀한 형태나 색깔을 만날 수 있는 책이에요.
도감만 보고 있어도 내가 평소에 보는
세상이 얼마나 협소한지 자연히 깨닫고 말죠.
《히말라야 셰르파》는 등반이 누군가에게는
여행, 누군가에게는 업무인 관점의 차이가
흥미로운 포인트인데, 좋아하는 일과 할 수
있는 일의 관계에 대한 고민에 도움이 될
거예요. 《체호프 단편선》에는 진도하 학생의
취향에 맞을 만한 호러소설도 있어요. 조금만
'관심'을 가지고 읽었다면 알겠지만요."

문비가 이어서 말했다.

"좋은 책들이에요. 단, 이렇게라도 하지
않으면 대출 이력을 한 번도 갖지 못할
장서들이기도 하죠. 이 도서관이 그냥 '관'이
되지 않게 하려는 최소한의 심폐 소생이라고
해둘까요."

도하는 관 속에 들어간 《버섯의 일생》을
상상하며 일단은 후퇴했다. 그리고 그다음
주에 좀 더 도서부다운 건의 사항을 내놓았다.
대출 강요를 서프라이즈 대출로 바꾸자는
제안이었다.

"서프라이즈?"

문비는 서가 정리를 위해 밀고 가던 책
수레를 잠시 세워두고 열람 탁상 맞은편에
앉았다. 의심 가득한 표정이었다. 오늘의
독서를 끝낸 수정도 책등을 암기하러 떠나지
않고 곁에 머물러 있었다. 서프라이즈 대출이

뭔지 궁금한 모양이었다.

"어차피 관심 없는 책을 대출해야 한다면,
이왕이면 재밌는 방법이 어떨까 해서요."

"예를 들면?"

문비 대신 수정이 물었다.

"이번 주에 꼭 대출 보내고 싶은 책을
선생님이 선별하시는 건 똑같아요. 대신
표지를 가리는 거예요."

선물처럼 포장한 책들을 컬렉션 코너에
쌓아두면 이용자가 한 권을 고르는 이벤트다.
평소라면 눈길도 안 줄 책들이겠지만,
일부러 가려둔 것은 그게 뭐든 왜인지 괜히
궁금해지는 법. 출처가 없는 메모, 또는
괴담처럼 말이다. 물론 대출 처리를 해야
포장을 뜯을 수 있다거나 최소한 이틀 이상
대출 상태여야 한다는 규칙 정도는 필요하다.

"오히려 없어도 될 기대감을 키워서, 뜯고

난 뒤의 실망감만 배로 키우는 일 아닐까요?"

문비가 물었다.

"맞아요. 채우지 못할 기대감보다는
차라리 의무감이 납득하기 편하죠."

수정도 끼어들었다.

"그래서, 이제부터 그 의무에 대해서
말하려고요. 당연히 미션이 필요해요.
그리고…… 상품도요."

도하의 목소리가 약간 작아졌다. 예산이
필요한 영역이었기 때문이다. 문비는
말해보라고 했다.

먼저 빈 상자를 하나 마련한다. 미션은
다음과 같다. 포장을 뜯은 책 속에서 인상적인
구절을 딱 하나 골라 메모지에 적는다. 아무
페이지나 펼쳐 대충 적는 사람도 있겠지만
제대로 독서하면서 찾아낼 사람도 분명 있을
것이다. 어느 쪽이든 아예 들춰보지도 않은 채

반납되는 것보다는 낫다. 그리고 책을 반납할 때 상자에 메모를 넣는다. 누구인지 알기 위해 학년과 반도 적는다. 월 1회 두세 명의 메모를 추첨해 학교 매점에서 이용할 수 있는 상품권을 증정한다.

"나쁘지는 않은데요."

도하의 의견을 들은 수정은 천천히 고개를 끄덕였고, 문비는 이렇게 물었다.

"메모 상자를 만들자는 데 어떤 사심이 느껴지는 건, 내 노파심은 아니겠죠."

정확한 지적이긴 했지만 변명하자면 겸사겸사였다.

"추가 업무가 꽤 늘겠어요. 포장이며 상자 관리며. 지금도 업무가 적지 않은데."

"제가 할게요. 도서부니까."

물론 그 정도는 계획을 떠올린 단계부터 하려고 했다.

"시작해도 참여율이 얼마나 될지도 알 수 없고."

"눈에 잘 띄는 홍보물을 만들어서 각 반 도서부장한테 전달하면 어떨까요? 참여 독려도 부탁하고요."

"홍보물이라……."

여전히 미심쩍어하며 자리에서 일어나는 문비를 붙잡듯 도하가 말했다.

"제가…… 만들 테니까요. 매점에서 쓸 수 있는 상품권 디자인도요."

당연히 그래야 할 분위기였다. 간단한 디자인 프로그램은 만질 줄 알았다. 전학 오기 전 도서관 참여 프로그램에서 배웠다.

문비는 보일 듯 말 듯한 미소를 띠며 다시 책 수레를 밀었다. 멀어지는 뒷모습에서 한 박자 늦은 목소리가 들려왔다.

"추가 운영 계획서에 포함해 기안을

올려보죠."

이벤트는 예상보다 성황이었다.

하루에 딱 한 명만 참여해도 좋겠다는
게 도하의 솔직한 바람이었는데, 매점
상품권 효과인지 사흘 만에 참여자가 백
명을 돌파했다. 도서관 활용 수업 전후나
쉬는 시간, 방과 후에도 책을 대출하러 오고,
반납과 함께 메모를 상자에 넣으러 오는
발길이 이어졌다. 교사들도 하나둘 참여하기
시작했다.

딱히 주의 따위 주지 않아도 원래
적막했던 도서관이, 이제는 포장을 찢는
소리와 표지를 보고서 킥킥거리거나 실망하는
소리 등으로 다양하게 채워졌다. 조금
소란해지기는 했으나 도하는 그 북적임이
싫지 않았다. 지난 공립 도서관이 그랬다.

엄격한 침묵을 요구하는 경직된 분위기가
아니어서 유아나 어린이 이용자도 많았다.
적당한 기척에 따르는 소음은 오히려
평범하게 살아 있다는 감각을 일깨웠고,
주호의 사건이 드리운 그림자에서 조금씩
벗어나 안정을 찾아가는 데도 도움을 주었다.

　문비도 내심 기쁜 기색이었다. 도하가
의견을 냈을 때는 이벤트에 손도 안 댈 것처럼
했어도 업무 짬짬이 책 포장을 도왔다.

　이벤트 참여가 늘자 대출과 반납
업무 역시 자연스레 늘었고, 도하도 열람
탁상보다는 문비 우측의 카운터를 지키는
시간이 많아졌다. 스물두 시간의 봉사 활동은
벌써 끝났지만 정말 도서부원으로 눌러앉은
셈이었다. 덕분인지 1년 꿇은 전학생을 향한
아이들의 데면데면함도 조금씩 옅어져갔다.
완전히는 아니어도 적어도 혼 선배의

농도만큼은.

그저 이 이벤트에서 아쉬운 점이 딱 하나 있다면, 미지의 메모와 같은 필체는 아직 발견하지 못했다는 사실뿐이었다.

메모 추첨을 하루 앞둔 날이었다. 줍깅 이후 한 달 만에 보는 백금발의 2학년도 메모를 들고 왔다. 학교생활에 크게 흥미 없는 학생의 참여까지 이끌다니 조금 으쓱해지던 찰나였는데, 백금발은 상자에 메모만 넣고 책은 반납하지 않은 채 돌아섰다.

"저기, 책도 반납해야지."

"대출 안 했는데요."

"대출한 책으로 참여하는 게 아니면 무효야."

도서관 활성 이벤트인데 상품만 바라는 꼼수는 통하지 않는다.

"뭐야, 웬 게 사물함에 있길래 여기 거

같아서 배달 왔더니. 그럼 버리시든지요."

백금발이 투덜거렸다.

"뭐?"

사물함이라는 단어가 귀를 잡아당겼다.
도하는 방금 상자 속으로 떨어진 메모를 얼른
건졌다. 민트색 점착식 메모지였다.

당장 펼치자 달필이 나타났다.

「이야기하고 싶습니다」

복도 CCTV를 확인하고 싶었지만, 담임은
절도 문제, 괴롭힘 등의 학교 폭력이 발생한
사유가 아니면 임의로 확인할 수는 없다고
했다.

말하기 어려운 일이라 이런 방법을
택하지 않았을까요, 라고 말하려다가 도하는
입을 닫았다. 그러기에는 적힌 내용이
애매했다. 어떤 절실함을 뒷받침할 구체적인

내용이 없었다. 어쩌면 첫 번째 메모에 있던 이름이 가장 좋은 단서였을 텐데 확인할 방법이 없어 아쉬울 따름이었다.

　반응이 뜨거웠던 도서관 이벤트는 겨울방학 전까지 매월 이어졌다. 상품으로 사용하라며 교사들이 학용품 등의 선물을 협찬하기도 했다.

　이벤트 참여 목적으로 도서관을 찾는 아이들이 다수이긴 했어도, 그렇게 도서관의 문턱을 넘어온 김에 책을 읽고 대출하고, 시간을 보내러 오는 이용자가 자연스레 늘어갔다. 가끔은 수정이 어디에 있는지 따로 살펴 찾아야 할 만큼 도서관은 제법 북적이게 되었다.

　메모의 출처를 알고 싶다는 도하의 고집은 서서히 희미해졌다. 이벤트를 핑계로 전교생과 교사들의 필체를 한

번쯤은 훑은 것이나 다름없기도 하고
그 이후 새로이 받은 제보도 없었다. 반
애들과 제법 편하게 말을 주고받게 되면서,
새로운 사물함 메모가 발견되거나 소식을
듣게 되면 곧장 알려주겠다는 다짐을
받았는데 감감무소식이었다. 교내에 딱히
불미스러운 일도 없어 보였다. 결국 무소식이
희소식이라는 조금은 시시한 결론에
다다랐다.

한 해 지연된 도하의 3학년 2학기도
어느새 막바지에 이르러 이제는 졸업식을
앞둔 2월이 되었다. 사물함 속 메모는 그렇게
미지의 사건으로만 남겨지는 줄 알았다.

유급이 자랑도 아니고 누나에게는 제발
오지 말아달라고 신신당부한 졸업식이
드디어 끝났을 때였다. 졸업장을 들고 강당을
나서는데 입구에 사서 교사가 보였다.

담임이 아니어도 학교 행사에는 의무 참석인 모양이었다.

그렇지 않아도 도서관에는 한 번 들를 생각이어서 마침 잘됐다고 생각했다. 문이 닫혀 있다면 선생님에게는 쪽지라도 남겨놓으려고 했었다. 얼떨결에 시작한 2학기 한정 도서부는 나름대로 재미있었고 여러모로 감사했다고, 그리고 혼을 보는 동류로서 앞으로 상담하고 싶은 일이 있으면 연락해도 괜찮겠냐고. 또 명예 도서부인 혼 선배에게 창문 너머로라도 인사 정도는 하고 싶었다.

그러나 도하가 가까이 가자마자 문비는 인사나 축하의 말은 생략하고 웬 쪽지를 불쑥 내밀었다. 뭐냐고 물을 필요는 없었다.

내용은 「방학 중 도서관으로 온 우편물과 택배는 수위실에서 보관하고 있으니 수령 바랍니다」라는 업무 연락. 그리고 다름 아닌 민트색 점착식 메모지의 그 달필이었다.

　학생 사물함에 메모를 넣으신 적이
있느냐는 질문에 수위는 모르는 일이라며
처음에는 고개를 저었다. 하지만 문비가
"죄송하지만, 선생님 필체를 한번 보여주실
수 있을까요?" 묻자 고개를 푹 떨구며
잠시 침묵을 지키다가, 결국 "치매는
아닙니다"라는 말과 함께 입을 열었다.
　2교대 수위 근무원 중 한 사람인 이강석은
70세로, 서울의 모 은행에서 명예 퇴직한
후 20년 넘게 위탁 업체를 통한 수위 일을
해오는 중이었다. 은퇴할 때까지만 해도
노후 걱정은 없었는데 자녀들에게 연이어
찾아온 경제난으로 재산을 헐어주고, 아내의
치료비까지 감당하려다 보니 오래 일하지
않을 수 없게 되었다고 했다.

"야간 근무 중에 제가 메모를 넣었습니다. 스스로 한 걸 똑똑히 기억하니 다시 말씀드리지만⋯⋯ 치매는 아니에요. 정신도 몸도 수위 업무를 계속하는 데 결격 사항은 없습니다. 그러니까 윗분들께는 부디 말씀드리지 않고 한 번만 넘어가주시면 안 되겠습니까? 이번 계약도 꼭 연장하고 싶습니다. 다시는, 다시는 이런 장난 치지 않을 테니까요."

수위는 커다란 중력이 몸을 잡아당기기라도 하는 것처럼, 허리를 숙이다 못해 당장 무릎까지도 꿇을 기세였다. 도하가 그러지 마시라고 붙잡고 나서야 강석은 고개를 들었다.

이다지도 상식적으로 보이는 분이 어째서 그런 장난을 쳐야 했는지 진심으로 궁금하기는 했지만, 직업을 잃을 걱정까지

끼치며 사죄받아야 할 일은 아니었다. 그저 한 학기 내내 존재했던 물음표를 마침표로 바꾸고 싶었을 뿐이다. 오히려 도하가 죄송했다.

"믿어주시진 않을 것 같아 구구절절 변명은 하지 않겠습니다. 정말로 죄송합니다."

그때 문비가 수위실 한쪽에 놓인 민트색 점착식 메모지를 한 장 떼어 뭐라고 적기 시작했다. 그리고 다 쓴 쪽지를 부재중 팻말 아래 부착하고 수위실 문에 걸었다.

「도서관 업무 지원 중입니다. 급한 용무 시 도서관으로 연락 주세요. 내선 번호 000」

"선생님, 잠시 저희 좀 도와주시겠어요? 도서관까지 들고 갈 게 많네요."

그러고는 문비가 가장 무거운 상자를 들며 앞장섰다. 다음으로 무거운 상자는 도하에게 들게 하고, 봉투로 된 우편물 묶음은 수위 강석에게 부탁했다.

드르륵 문을 열고 거의 한 달 반 만에 나타난 도하를 보자 수정은 반가워하면서도 아닌 척 표정 관리를 하느라 꽤 애쓰는 모습이었다. 도하와 문비 둘뿐이었다면 먼저 다가와 말을 붙였을 텐데, 지금은 호기심 어린 눈으로 강석을 포함한 세 사람을 가만히 좇을 뿐이었다.

도서관에 들어오자마자 수정 다음으로 도하의 눈에 들어온 것은 여섯 개의 열람 탁상 위에 주르륵 펼쳐진 종이 행렬이었다. 마치 근대 배경의 소설 속 잉크가 덜 마른 악보를 말리는 장면처럼 보였는데, 곧 그 이유를 알았다. 수정이 고른 소설 하나를 복사해 순서대로 늘어놓은 것이었다. 도서관도 닫는 방학 중, 넘겨주는 사람이 없어도 처음부터 끝까지 읽을 수 있도록.

"이렇게는 단편 정도밖엔 못 읽지만,
그래도 선생님이 며칠에 한 번은 와서
바꿔주시거든."

수정이 도하에게 말했다. 문비는 아무것도
보이지도 들리지도 않는 듯 "잠시 실례"라며
탁상 하나를 깨끗이 비우고 그 자리에 강석이
앉도록 권유했다. 티백이지만 차도 한 잔
내왔다.

'믿어주시진 않을' 이야기는 그렇게
시작되었다.

약 2년 전, 이 중학교에 채용되고 얼마
되지 않아 강석은 아내 김상희를 먼저
떠나보냈다. 지주막하출혈로 쓰러지고 목숨은
당장 건졌지만, 의식이 소실된 상태로 몇 달간
입원 치료를 하던 도중 사별하게 되었다고
했다. 젊은 시절 근무하던 은행에서 만난 두
사람은, 아직 서른이 채 안 되었을 때 결혼해

반평생이 넘는 세월을 함께한 부부였다.

서로에게 그리 무심한 부부는 아니었으나,
그 세대의 어른들이 그렇듯 아주 살갑지도
않았다. 인생이 던져준 숙제를 차례로 해오며
살다 보니 어느새 함께 나이 들어버렸다,
정도로 요약할 수 있는 그런 삶이었다고 했다.

"그런데 몇 달 전부터 아내가 꿈에
나타나기 시작했습니다."

먼저 보낸 슬픔이나 허전함이 가장 컸을
장례 이후가 아니라, 이미 한 해 하고도
절반이 흐른 지난가을 무렵이었다. 물론
이따금 생전 함께했던 기억의 파편을 영상
다시 보기 하듯 꿈으로 꿀 때가 있었지만,
그것과는 다른 등장이었다.

자신이 죽었음을 분명히 인지하고 있는
상희가, 즉 혼으로서의 상희가 강석에게 말을
거는 꿈이었다. 그런데 상희의 말소리는

선명하게 들리지 않았다. 어떤 부분은 잘 들리고 어떤 부분은 아니고, 바로 앞에 있는데도 마치 감이 먼 통화처럼.

"처음엔 이 사람이 나도 그만 데려가려고 그러는가 싶었어요. 아니면 저승이 워낙 쓸쓸해서 말벗이라도 필요한가 했는데 그게 아니라 자꾸 뭘 부탁하는 게 아니겠습니까."

그 대목에서 도하는 자기도 모르게 문비와 시선을 한 번 교환했다.

"아까도 말씀드렸지만 꿈에서는 왠지 소리가 온전하게 들리지가 않아요. 그래서 그 부탁이라는 것도 꿈을 몇 밤이나 꾸면서 묻고 또 물어서 아 그렇구나 했지요."

그렇게 간신히 알아들은 상희의 부탁은 다소 어처구니가 없었다.

"자기가 하는 이야기를 잘 받아써서······ 학교 학생 사물함에 넣어달라고 했습니다."

도하는 쪽지 「이제 나를 자유로이
놓아주시오」 「이야기하고 싶습니다」를 차례로
떠올렸다. 동급생이 기억하지 못한 그 이름은,
그분의 성함이었을 것으로 추측했다. 김상희.
한 번 본 것만으로 바로 기억하기는 어려울
평범한 이름이기는 했다.

　"잘 들리지도 않았지만 꿈이란 게,
그것참…… 깨고 나면 많이 잊어버리는 법
아니겠습니까."

　그래도 강석은 잠에서 깨고 난 다음
뚜렷이 기억나는 문장 하나는 적어서 상희의
소원대로 그날 야간 당직일 때 복도의 아무
사물함에나 넣었다. 하지만 그렇게 세 번을
했는데도 상희는 영 만족스러운 표정이
아니었다고 했다.

　여기까지 밝히면서도 강석은 눈치를 여러
번 살피다 급히 덧붙였다.

"믿어주시지 않는대도 어쩔 수 없습니다. 마누라 먼저 보낸 노친네의 주책이라 해도요. 꿈에서 그런 말 좀 들었다고 그걸 곧이곧대로 하는 사람이 상식적이지는 않지요. 압니다. 저도 한때는 숫자만 만지던 사람인데요."

강석은 짧게 자조했다.

"하지만 매일 꿈에 나타나서는 이 양반 참 답답해 죽겠다는 표정이니까요. 세상 근심 다 짊어진 얼굴을 하고서요. 내가 말귀를 잘 못 알아들어서 이제까지도 천도를 못 하는구나. 이 부탁을 제대로 들어줘야 좋은 곳으로 갈 텐데. 그 일념이었습니다. 그래도 세 번만 하고 말았습니다. 더는 저도 바보처럼 느껴져서……"

아무리 문턱에 머물러 있어도, 도하나 문비 같은 재능이 없다면 혼을 볼 수 없으니 상희는 꿈으로 강석에게 대화를 시도한

것이다. 도하의 부모님도 너머로 가기 전,
누나에게는 꿈으로 말을 걸었다. 우리는
괜찮다고, 너희를 사랑한다고.

정작 주호는 그런 식으로 도하의 꿈에
나오지는 않았는데, 아마도 오랜 세월과
신뢰를 나눠온 인연 사이에서만 가능한
방법이기에 그랬을 것이라고 도하는
짐작했다.

"차라리 이렇게 털어놓을 수 있어서
한편으로는 후련합니다. 선생님께나
학생들에게 혼란을 드린 점은 다시
사죄드립니다."

"아뇨. 제가 괜히……."

도하가 곧장 강석의 사과를 물렸다.
첫 번째 메모를 받았던 동급생처럼 그냥
버리거나 무시했다면 사실 대수롭지 않게
넘어갔을 일이다. 메모에 대한 의문을 놓지

않은 것은 도하의 사적인 의지였다.

　"그런데 이거, 두 사람이 뭔가 도울 수
있는 일 아닐까요? 김상희 씨라는 분 지금
문턱에서 할 말이 있으신 듯한데."

　어색한 침묵의 틈에 수정이 말했다.
강석에게는 침묵의 연장이었겠지만.

　도하도 실은 똑같은 생각을 하던
중이었다. 일을 들쑤셔놓은 책임은 본인에게
있기도 하고, 쪽지를 넣은 곳이 어째서 동네
우체통이나 다른 집의 문틈이 아닌 학교
학생 사물함이어야 했는지도 궁금했다.
메모에 적힌 세 문장의 완전한 의미를 알면
강석에게는 물론 자신에게도 속 시원한 일이
될 것 같았다.

　그렇지만 도움이 되고자 하려면 이쪽도
'믿어주시진 않을' 이야기를 시작해야 하므로
멋대로 결정할 수는 없었다. 도하는 문비를

바라보았다.

"도울 수 없는 종류의 일일지도 모르죠."

도하의 의중을 읽은 문비가 말했다.
물론 도울 수 없는 일을 한차례 겪었던 도하
역시 당사자로서의 염려가 아예 없는 것은
아니었다.

그러나 도하보다는 적어도 10년 이상
혼을 보는 눈으로 살아왔을 문비가, 강석이
듣고 있는데도 수정의 말에 대답을 했다는
것은 이미 괜찮다는 신호나 마찬가지였다. 이
일이 위험해 보이거나 빨간불로 판단된다면
그러지 않았을 것이다.

"목소리를 들어보기 전에는 모를
일이잖아요."

도하는 어쩐지 벌써 든든해져 있었다.
강석은 아직 영문을 모르는 채로 스승과
제자를 번갈아 볼 뿐이었다.

"저…… 실례지만 지금 무슨 말씀
중이신지……."

그 틈에 수정이 끼어들었다.

"설명 잘 드려야겠다. 아 참, 다녀오면
어떻게 됐는지 나한테도 얘기 들려줘야 해.
알았지?"

그러고는 책등을 읽으러 안쪽 서가로
유유히 사라졌다.

이 지역은 학교를 중심으로 서쪽은 새
아파트가 들어선 신도시, 반대편인 동쪽은
오래되고 낮은 빌라와 주택, 상가 등이 모여
있는 구시가지였다. 누나가 근무하는 병원도
동쪽이었고 그래서 도하네도 이쪽으로 투룸
빌라를 구해 세를 들었다.

강석의 집은 도하네 집에서 그리 멀지
않았다. 등굣길에 집을 나서 학교 방향으로

10분쯤 걷다 보면 지나치게 되는 빌라였다.

　다음 날 오전, 교대 근무 후 퇴근하는 강석과 동승해 문비의 승용차로 그의 집까지 가는 데 걸린 시간은 주차까지 8분이면 충분했다. 그 짧은 시간 동안 강석은 조수석에서 지금 자신이 과연 사리에 맞게 행동하고 있는지 내내 자문하는 표정이었다. 문비의 차 트렁크에는 뭐가 들어 있는지 과속방지턱을 넘거나 방향을 바꿀 때마다 탈캉거리는 소리가 요란했는데, 그게 마치 강석의 심란한 속을 대변하는 것만 같았다.

　서로 믿기 어려운 이야기를 공유했어도 이쪽을 향한 신뢰는 또 다른 문제였다. 사실 혼을 보고 혼과 이야기 나눌 수 있다는 말을 선뜻 믿는 사람이 더 이상하긴 할 것이다.

　처음엔 누나도 도하를 믿지 않았다. 부모님의 혼이 보인다는 동생에게 정신과

진료를 받게 해야 하는 게 아닐까 진지하게
고민했었다. 하지만 다 키운 딸과 친구처럼
지내며 함께 보러 다니던 영화와 공연,
전시회의 제목, 그때 나누었던 자잘한 감상,
함께 맛보았던 음식에 대한 추억을 줄줄
늘어놓자 누나는 결국 울음을 터뜨렸다.
어른들의 문화생활에는 관심 없는 무뚝뚝한
초등학생 동생의 입에서는 나올 수 없는
이야기였기 때문이다. 출장길 고속도로
사고로 변을 당하고 남매만 남겨진 집 안을
문턱 삼았던 부모님은 28일이 되는 날에는
진짜 작별을 고하고 너머로 갔다. 너머가
무엇인지는 정확히 몰라도 다시 돌아올 수
없는 곳이라는 것만은 그때의 도하도 분명히
알았다.

　　특별한 원한이나 의지에 사로잡히지 않은
이상, 망자는 대체로 사랑하는 이의 곁을

문턱으로 택한다. 강석의 아내 상희도 그럴 거라고 도하는 생각했다. 그렇다면 집이다. 그리고 목적지 근처에 도착하자마자 벌써 도하는 만나게 될 혼의 정체를 어렴풋이 짐작할 수 있었다.

강석이 살고 있는 빌라는 학교 방향으로 가다 보면 처음 나타나는 사거리 횡단보도 건너편이었다. 그래서 신호를 기다리는 동안, 맞은편 빌라의 2층 창문이 자연스레 시야에 들어온다. 전학 첫 등굣길, 그 창문으로 어떤 노부인의 혼을 보았고 눈이 마주쳤다. 그 후로도 신호를 기다릴 때 몇 번 시선이 얽히긴 했지만, 다른 혼들과도 그렇듯 점차 무신경하게 지나쳐가게 되었다.

"집이 누추합니다. 들어오시지요."

반신반의하는 목소리로 강석이 현관을 열었다. 문이 열리자마자 반투명한 혼이

화색이 도는 얼굴로 도하와 문비를 맞았다.

'유유자적파'이자 초록불의 혼. 그리고 역시,

예상대로 그 노부인이었다.

"안녕하세요."

도하가 먼저 목소리를 냈다. 아마

강석에게는 싱크대에 대고 인사하는 사람처럼

보였을 것이다. 문비는 한 걸음 뒤에서

경호원처럼 상황을 지켜보았다.

"오늘은 가까이서 만나게 되었네요."

상희가 입을 열었다. 벌써 후련하다는

표정이었는데 그게 보이지 않을 강석은

이렇게 물었다.

"그러니까…… 있다는 거죠? 아내가요."

"꿈에서 그렇게 몇 번을 말해도

모른다니까요. 얼마나 둔한지, 이 사람은."

약간의 심술을 담아 상희가 먼저

대꾸했고, 도하는 간단하게 "네"라고만

말했다.

"그래서 큰 기대는 안 했는데 결국 학생을 데려온 걸 보면, 결국 내 마음 아는 건 이 사람뿐인가 보다 싶기도 하고요."

도하는 강석이 자신을 찾은 게 아니라 그 반대라고 말하려다 그러지는 않기로 했다. 오래 기다렸을 노부인 혼의 로망은 그대로 지켜드리기로 했다.

"저를 찾고 싶으셨다고요?"

"이야기를 할 수 있을 거 같아서요. 그런데 나한테 보이는 건 그 학교 교복뿐이라."

이 중학교 학생 중 자신을 알아보는 눈을 가진 아이가 있다는 단서 하나로 시작한 모험이었다. 그래서 강석에게 꿈으로 말 걸기를 시도했다고 털어놓았다.

"그런데 귀한 손님을 이렇게 세워놓다니 참. 여보, 수정과라도 좀 내와요. 어제 작은 애가 보내준 거 있잖아요. 베란다에 둔 거.”

상희가 식탁 쪽으로 미끄러져 움직이며
아직 어안이 벙벙한 강석을 향해 말했다.
도하가 대신 전했다.

“저, 부인께서…… 수정과 내라고
하시는데요. 어제 자제분께서 보내주신 게
있다고……. 베란다에요.”

그 말에 강석은 수정과 위에 띄워도 좋을
얼음처럼 굳었다. 그리고 누나가 처음 도하를
믿었을 때처럼, 놀람과 벅참이 뒤섞인 눈이
되어 잠시 움직이지 못했다. 결국 문비가
“제가 도와드릴게요”라며 나섰다.

도하는 잠시 어깨를 들썩이는
강석을 위로해야 했다. 만일 혼자였다면
할아버지뻘의 어른에게 무슨 말을 하면
좋을지 막막했겠지만, 할 말은 상희가
알려주었다. 배우자를 향한 다정함과

담담함이 섞인 일상의 말들을 그대로
옮기자 강석은 상희에게 "알았어요. 그럼요"
대꾸하면서 조금씩 진정을 찾아갔고, 대화는
이내 메모지에 대한 자초지종으로 자연스레
옮겨갔다.

원래 상희의 부탁은 이랬다.

'나는 김상희라는 이름의 혼령이고, 이제
혼자 둔 남편의 걱정도 어느 정도 덜어서
너머로 가려 하는데, 그 전에 소박하게 바라는
게 한 가지가 있습니다. 그 학교에는 나를 볼
수 있는 학생이 있으니 괜찮다면 이야기를
나누고 싶습니다'라는 내용의 쪽지를 학교
사물함에 넣어달라는 부탁이었다.

이런 종류의 이야기라면 누구의 손에
먼저 쪽지가 들어가든, 아이들 사이엔 금방
소문이 퍼질 테고 몇 차례 반복하면 도하도
결국 알게 되지 않겠냐는 생각이었다고 했다.

그러나 강석에게 아무리 구구절절 이야기를
늘어놓아도 최종적으로 사물함으로 들어간
쪽지에는 많은 부분이 생략되고 말았다.
강석은 그 내용보다는 쪽지를 넣는 행위
자체에 혼을 달래는 효험이 있지 않을까
멋대로 추측했을 뿐이었다.

　"그런데 제가 뭘 도와드릴 수 있을까요?"

　메모지의 출처는 알았으니 이제
본론이었다. 혼을 보는 특수한 재능은 있지만
청소년에 불과한 자신이, 초록불 혼에게 잠시
이런 대화와 통역을 제공하는 것 말고 어떤
도움을 줄 수 있을까.

　"책을 한 권 찾고 싶어요."

　"책이요?"

　책이라는 단어에 도하와 문비는 동시에
놀랐다.

　"너머에 가기 전에 꼭 한 번 다시 읽고

싶은 책이 있어요. 그걸 좀 찾아줄 수
있을까요?"

심지어 아주 간단한 부탁이었다. 2학기
한정 도서부원으로서 항상 하던 일 아닌가.
이용자에게 책 찾아주기.

"그럼요! 제목만 말씀해주신다면야."

"그게 말이에요……."

그러나 상희는 말끝을 살짝 늘이며
이렇게 대답했다.

"도서관에서 읽었던 소설인데 사실
제목이 기억나지 않아서요."

그 말을 듣고 뒤통수를 얻어맞은 듯한
도하와는 달리, 수정과만 홀짝이며 조용히
있던 문비의 눈이 날카롭게 반짝였다.

"어떤 내용인지 대략이라도 기억하실까요,
선생님?"

공립 도서관 입구에 도착한 순간 도하는 깊게 심호흡을 했다.

학교 도서관보다 훨씬 짙은 책냄새가 물씬 밀려왔다. 더 오랜 역사의 냄새이기도 했다. 구시가의 변두리 3층짜리 건물에 위치한 공립 도서관은 개관 40주년을 넘긴 곳이었다.

건물은 낡았지만 편안하면서도 운치 있는 실내 분위기에 도하는 금세 마음을 빼앗겼다. 평일 아침치고는 이용자가 많은 편이었고 곳곳에는 혼들도 보였다. 주민들도 이곳을 편안히 느끼고 혼들도 문턱을 삼을 만큼, 오랜 시간 사랑받아온 공간 같았다.

자녀들을 출가시킨 후 살림을 줄여 이 지역에 터를 잡았던 상희는 이 도서관을 꾸준히 애용했다. 처음 이사 왔을 무렵 부부가 나란히 가족 회원으로 등록해두고서 계속 이용한 사람은 상희뿐이었다. 자료실에서 오래 읽고 가는 날도, 몇 권 대출해 가는 날도 있었다고 했다.

정작 강석은 도서관을 이용하지 않았기에 기억에도 없는 아이디를 사서를 통해 찾아낸 다음 문비의 노트북으로 대출 기록을 띄웠다. 약 15년의 기록이었다. 이용 초기에 대출이 훨씬 많고 현재에 가까워질수록 조금씩 줄어가는 경향이었지만, 전체 누적 대출 권수는 1500권이 넘었다. 도하는 기함했다. 거의 제 나이만큼의 역사였다.

"엄청 읽으셨네요."

"이사 오고 얼마 안 되어서는 거의 도서관에서 살다시피 했으니까요."

강석의 대답에는 어쩐지 씁쓸한 느낌이 묻어 있었다. 이유는 알 수 없었다.

상희는 책을 찾을 단서 몇 가지는

알려주었다. 유일하게 기억에 남아 있는
문장은 도하가 받았던 메모인 「이제 나를
자유로이 놓아주시오」였다. 정확한 문장은
아니지만 맥락상 그런 의미였다고 했다.

이야기의 줄거리는 어느 부녀가
유령과 괴물이 나오는 섬에서 탈출하는
내용으로 유령이나 괴물이 크게 무서운
느낌은 아니었으며, 부녀와 자유롭게 서로
소통한다고 했다. 그리고 주인공 중 딸의
이름에는 '미'가 들어갔던 것 같다고 덧붙였다.

상희가 그 책을 다시 읽고 싶은 이유는
이랬다. 당시 소설 마지막 부분을 읽을 때
찾아왔던 감흥을 너머로 가기 전 한 번 더
느끼고 싶어서라고. 어떤 감흥이었냐는
문비의 질문에 상희는 후련함과 상쾌함 사이
어디쯤이었다고 고백했다.

유령과 괴물이 등장하는 섬을 탈출하는

이야기가 마지막으로 한 번 더 읽고 싶은
책이라니. 노부인의 마지막 소원치고는
취향이 독특하다 싶었다. 장르는 막연하게
호러가 아닐까 생각했으나 도하에게 바로
떠오르는 제목은 없었다.

"찾으실 수 있을까요. 이렇게 많은데……."
스크롤을 내렸다 올렸다 하는 문비에게
강석이 조심스레 물었다. 문비는 시간이
약간은 필요하겠다며 기다리는 강석이
지루하지 않도록 최신 읽을거리가 많은
정기간행물 열람실로 안내했다. 그리고 다시
돌아와 대출 기록을 꼼꼼히 살피기 시작했다.

대출 기록에는 청구기호까지는 나오지
않아 문학만 따로 골라내볼 수는 없었다.
결국 제목을 하나하나 짚어 읽어 내려가다가
내용을 확인할 필요가 있는 제목이 보이면
클릭해 문학인지 먼저 확인하고 청구기호를

적어 도하에게 전달했다. 대부분은 비치

중이었고 십진분류법에 익숙한 도하가 곧장

책을 찾아오면 문비가 내용을 살펴보았다.

대출 기록의 초반 40퍼센트 정도까지

확인을 마치자 어느덧 저녁이었다. 제적

도서를 제외하고 모두 72권의 책을 실물로

살폈다. 그중에 도하가 아는 제목의

호러소설은 없었지만 문비는 유력한 한 권을

골라냈다.

제목은 《템페스트》.

셰익스피어의 희곡 중 하나로 무척 낡은

장정의 책이었다. 도하가 아는 셰익스피어

작품이라면 《로미오와 줄리엣》이나 《햄릿》

정도였다. 《템페스트》는 금시초문이었다.

그러나 이것만은 분명했다.

"소설이…… 아니었네요."

"읽었던 희곡을 소설로 착각하는 일은

흔히 있어요. 14년 전 대출이니 그 정도
혼동은 있을 만하죠. 이야기는 기억하지만
형식은 모호하게만 남아 있는."

　　문비는 조심스럽게 책 표지를 닫으며
말했다. 도하가 물었다.

　　"여기에 정말로 유령하고 괴물이 나와요?"

　　"유령과 괴물은 아니지만, 공기의
정령과 다소 난폭한 원주민이 등장하는데
정확한 정체성까지는 기억을 못 하신 것
같아요. 그렇지만 등장인물 하나가 원주민을
괴물이라고 칭하는 대사는 있어요."

　　그리고 정령과 원주민은 주인공 부녀와
애증의 공생 관계라고 문비는 설명했다.
도하는 여전히 아리송했다.

　　"아, 이름에 '미' 자가 들어가는 거는요?"

　　"미란다. 주인공 중 딸의 이름이에요."

　　문비는 한 페이지를 펼쳐 이름을

보여주었다. 정말이었다. 단서가 하나 더
일치하자 그제야 도하도 천천히 고개를
끄덕였다. 그래도 중요한 단서가 한 가지 더
남아 있었다.

"메모는요? 「이제 나를 자유로이
놓아주시오」요."

"마지막에 부녀와 일행들이 섬을
떠나는데, 에필로그에서 아버지인
프로스페로가 관객에게 그만 자신을 자비롭게
놓아 달라고 부탁하면서 연극을 끝내요.
거기가 《템페스트》의 매력적인 부분 중
하나이기도 하죠. 여담이지만, 나도 좋아하는
작품이에요."

문비는 '어때요?'라는 표정으로 도하를
보았다.

일목요연한 정리에 도하는 솔직히
경탄하지 않을 수 없었고 이 책이 아닐

가능성도 거의 없을 것 같았다. 그러나 정답
여부는 상희에게 달려 있었다.

  공립 도서관에 신규 가입한 도하의
이름으로 《템페스트》를 대출해서 세 사람은
다시 상희가 기다리고 있는 집으로 향했다.
  집으로 올라가기 전 문비는 차 트렁크를
열어 뭔가를 꺼냈다. 다름 아닌 깡통이었는데,
원래는 막대 사탕이 가득 들어 있었을
양철통이었다. 겉은 사탕 브랜드 로고가
곳곳에 프린트되어 있었고, 텅 빈 안쪽에는
무엇을 태운 흔적인지 그을음이 있었다. 바로
차를 내내 요란하게 했던 범인이었다. 도하가
물었다.
  "그건…… 뭐예요?"
  "나중에 알려줄게요."
  집으로 올라가 기다리던 상희에게 책을

내밀자 상희는 책 표지를 찬찬히 뜯어보다가 읽어봐야 알 것 같다고 말했다. 그래서 도하는 학교 도서관에서 했듯이 한 장 한 장 페이지를 넘기며 상희가 본문 전체를 읽을 수 있도록 도와주었다.

느리지도 빠르지도 않게 책장을 넘기는 일은 이제 자신 있는 편이었다. 다소 예스러운 말로 번역된 희곡이다 보니 처음부터 술술 읽히지는 않았지만 프로스페로가 공기의 정령 에어리얼에게 폭풍우를 일으키도록 만들어, 알론소 일행에게 복수를 시작했다는 사실을 깨달은 뒤로는 걷잡을 수 없이 흥미진진해졌다.

복수담인데도 내내 유쾌함을 잃지 않는 희극이었다. 덕분에 도하와 상희는 몇 번이나 동시에 웃음을 터뜨리기도 했다.

그러다가 메모지의 그 문장이었던, 그만

자신을 놓아달라고 프로스페로가 관객에게 직접 말하는 대목에 이르렀을 때 도하는 또 한 번 웃고 말았다. 지금까지는 거리를 두었던 관객에게 눈을 맞추며 말을 걸다니, 뭔가 자신과 혼들 사이의 관계 같았다고나 할까. 물론 《템페스트》와는 전혀 다른 상황이지만 재미있는 기시감이었다.

"어떠세요?"

그러나 현재 이 자리에서 가장 중요한 독자는 상희였다. 사서 교사와 도서부원이 책을 제대로 찾아왔는지는 분명히 알고 싶었다.

"소설이 아니라 희곡이었네요. 읽으니 기억이 나요."

통역을 들은 강석은 오래 묵은 수수께끼에서 풀려난 듯 개운한 얼굴로 둘에게 고맙다고 인사했다. 그런데 정작 이 부탁의 주체인 상희의 표정은 애매했다.
도하는 괜히 조바심이 났다.

"저…… 만약 이 책이 아닌데 그렇다고
해주시는 거라면, 내일 다시 찾아볼 테니
솔직히 말씀해주셔도 괜찮아요. 우리 선생님
사서니까, 어떻게든 찾아주실 거예요."

문비의 실력은 신뢰하면서도 그렇게
말했다. 상희는 웃으며 고개를 저었다.

"아니에요. 이 책이 틀림없어요. 다만……
읽고 난 기분이 그때와는 달라서 그런 거예요.
처음 읽었을 때 같은 느낌은 아니어서요."

"음, 무슨 말씀이신지 알 것도 같아요."

"정말요?"

"그게, 괴담도 두 번째 읽을 땐 처음이랑은
확실히 다르거든요."

두 번째는 역시 처음과 같은 방식으로는
두근거리지 않는다. 그러나 처음 읽었을

때에는 보이지 않던 것들이 하나둘 고개를 내밀며 미처 몰랐던 존재감을 드러낸다.

상희는 후후 웃으며 도하의 말이 맞는다고 했다. 그러고는 목소리를 약간 낮춰 말했다.

"있잖아요. 이거 읽을 무렵엔 하루에 열 시간은 도서관에서 지냈어요. 낯선 동네로 왔는데 갈 데도 마땅치 않았고 어쩌다 보니 우리가 가장 가난해져버린 때이기도 했고요. 이 사람과 매일 다투는 게 일이었죠. 그때는 참…… 여러모로 힘에 부쳤거든요."

잠시 침묵이 앉았다.

"집 안에서 숨 쉬기조차 버겁게 느껴졌어요. 내가 이제 그만 사는 게 좋을까, 이혼해야 할까, 오늘 처음 이야기 나누는 학생에겐 부끄러운 말이지만 그런 생각밖엔 안 들던 때였어요. 이 사람도 그땐 나름대로 힘들었고 풍파 없는 집안은 없는 법이겠지만요. 그랬답니다. 그 무렵의 도서관은…… 《템페스트》식으로 말하자면 폭풍우를 만나서 표류하던 제가 도착한 곳이에요. 어쩌다 휩쓸려 간 곳이지만 결국 은신처가 되어주었다고 할까요."

아까 도서관에서 쓸쓸한 듯 그때를 회상하던 강석의 얼굴이 떠올랐다. 상희도 도하처럼 어느 서늘했던 시절을 도서관에서 보냈던 것이다.

"아무튼 이 책 마지막 페이지를 읽을 때였는데, 순간 열람실 창문으로 시원하게 바람이 들어왔어요. 마침 프로스페로가 막 공기의 정령 에어리얼을 풀어준 참이었잖아요? 그래서 아, 지금 에어리얼이 지나갔나…… 하면서 혼자 웃다가는, 이 시간도 마치 바람처럼 곧 나를 지나가겠지 그런 생각이 들었어요."

삶이라는 항해에서 폭풍우가 영영
사라지는 일은 없겠지만, 파도 같던 요동이
잔잔한 물결이 되는 때도 올 거라는 속삭임을
그 순간 들은 것 같았다고 했다.

"그런데 지금 다시 보니까 이 사람들은
섬을 떠난 동시에 원래 있어야 할 자리로
돌아간 거기도 하네요. 비로소 안식이기도
하고요. 이건 두 번째라서 알게 된
감상이군요."

그래도 상희가 너머의 문턱으로 선택한
장소는 도서관이 아니라 이 집, 강석의
곁이었다. 인생의 대부분을 의지했던
반려자의 곁. 조금 서투르긴 했어도 결국
도하를 데려온 장본인의 집.

"너머로 떠나기 전 꼭 맞는 독서였어요.
고마워요."

상희는 이제 너머로 갈 준비를 마친 모양이었다.

그만 작별 인사를 해두셔도 좋겠다는 문비의 말에, 강석은 상희가 쓰러져 의식을 잃기 전 해두지 못했던 애정 어린 말을 하나둘 떠올리느라 바빠졌다. 조금은 횡설수설했지만 결국 이 삶을 함께해줘 고맙다는 고백이었다. 상희가 그런 강석을 가만히 안아주는 동안 문비는 거실 한쪽의 창문을 열었다. 초록불로 지내는 일을 마치고, 스스로 너머로 가고자 하는 '노란불'인 혼을 보내는 의식이니 도하에게 잘 봐두라고 했다.

문비는 《템페스트》의 마지막 페이지를 북 찢은 다음 나머지는 아까 가져온 그 양철통에 넣었다. 그러고는 찢은 페이지에 조심스레 불을 붙여 양철통 안에 떨어뜨렸다.

책이 천천히 타오르기 시작했다.

연기가 오르자 열린 창문으로 바람을 타고
재가 날았다. 동시에 상희의 모습이 더욱
희미해지기 시작했고 이내 도하와 문비의
시야에서도 깨끗하게 지워졌다.

상희는 《템페스트》와 함께 바람을 타고
너머로 갔다.

"안녕히 가세요."

도하가 중얼거리자 바람이 멎었다.

"이야기는 이미 그 자체로 강력한
주문이라 다른 주문은 필요 없어요."

돌아가는 길, 혼을 너머로 보내는 방법이
정말 책 한 권으로 충분한 거냐는 도하의
질문에 돌아온 문비의 답이었다. 그러나 그리
간단하지만은 않다고 했다.

"오늘처럼 혼의 무의식에 주문처럼
강하게 자리 잡은 책을 정확히 찾아야 한다는

조건이 있고 당연히 모든 혼에게 통하는
방법도 아니에요."

모든 혼이 생전에 책과 각별한 관계인
것은 아니기 때문이었다. 하지만 꼭 책의
형태가 아니더라도 지문 같은 이야기 하나
정도는 누구나 품고 있지 않을까, 라고 도하는
생각했다.

더불어 도서관 봉사 첫날, 전학 사연을
털어놓았을 때 주호가 특별히 좋아했던 책이
있었는지 문비가 궁금해했던 이유도 이제 알
것 같았다.

"그런데 선생님은 이렇게…… 자주
하세요?"

도하가 물었다. 그을음 남은 사탕 깡통을
차 트렁크에 상비하고 다니는 사람에게 할 수
있는 합리적인 질문이었다.

"뭘요? 전송?"

문비는 혼을 너머로 보내는 의식을 '전송'이라고 했다.

"자주는 아니지만 나를 필요로 하는 혼이 보일 때는요."

그리고 이렇게 덧붙였다.

"책 찾아주는 게 사서의 일이니 산 사람이나 망자를 구분하진 않아요."

사서의 자부심이 느껴지는 고백이었다.

"선생님도 누군가에게 배우신 건가요?"

전송 과정을 스스로 터득할 수도 있겠지만, 아무래도 동류의 누군가 알려주는 흐름이 더 자연스럽기 마련이다.

"맞아요."

문비의 느지막한 대꾸에 도하의 눈이 커졌다. 우리 같은 사람이 또 있다는 사실이 새삼 반가웠다.

"어, 누구신데요?"

"짝사랑하던 사람. 참고로 이미 너머로 갔어요."

설렘도 잠시, 도하는 곧장 할 말을 잃었다.

이름도 직업도 아닌 의외의 정보에 일차로 놀란 데다 상실을 고백하는 문비의 목소리가 담담하면서도 쓸쓸해서였다.

"······죄송해요."

마땅한 말이 떠오르지 않아 도하는 그렇게 중얼거렸다. 그런데 문비도 똑같은 말을 했다.

"아니, 내가 미안해요."

다만 표정에는 미안함이 조금도 깃들어 있지 않았기에 도하는 고개를 한 번 갸웃거려야 했다.

"진도하 학생 이름으로 대출한 도서를 재로 만들어버렸잖아요. 공공 자산인데."

그제야 상희와 함께 날아가버린

《템페스트》가 퍼뜩 떠올랐다. 머릿속이 순간 아득해졌다.

"아…… 어떡하죠?"

"개정판으로 새로 구입해줄 테니 훼손 도서 자진 신고하고 그걸로 반납하세요. 마침 고등학교는 그쪽 방향이니까 앞으로는 그 도서관 자주 이용하지 않을까요?"

"……아마도요."

도하는 순순히 수긍했다.

첫 대출부터 훼손 신고라니 도서관에게 최악의 첫인상을 남기게 된 건 유감이지만, 그와 별개로 문비의 예측은 옳았기 때문이다. 사실 도하는 그 도서관이 벌써 마음에 들었고 내일 혼자서 다시 놀러가볼 계획이었다.

집까지 가는 길, 트렁크에서 양철통 구르는 소리는 여전히 요란했다. 하지만 어쩐지 이번에는 시끄럽다기보다 경쾌한 기분이었다.

"너 키 컸잖아."

여름방학, 고등학생이 되어 새로운 교복을
입고 한 학기 만에 졸업한 중학교 도서관을
다시 찾았을 때, 수정은 도하를 올려다보며
못마땅하다는 듯 말했다.

"그런가."

도하는 머리를 긁적였다. 혼 선배의 키는
그대로일 테니 자란 건 본인이 맞을 거다.
1년을 유급했다 해도 여전히 성장기니까.

도서관은 여름방학 중 정비 기간이었다.

문비는 신학기에 새로 꾸린 도서부
학생들과 2학기 학급 문고 선정 회의
중이었는데, 수정의 증언에 따르면
올해부터는 학기 중에도 진짜 수서 회의를
매월 가지고 있다고 했다.

현재 열람 탁상에서는 후배들 간에 열띤 회의가 이루어지는 중이었다. 괜한 방해가 되지 않기 위해, 도하는 도서관 가장 안쪽 서가와 마주한 벽면에 기대 혼 선배와 밀담을 나누는 중이었다.

도하는 진학한 고등학교 도서관에서 정식 도서부원이 되었다. 여기보다 역사가 긴 학교라 교실과 교무실에는 혼이 몇몇 있었는데 도서관에는 역시나 없었다. 고등학교 도서부 얘기 좀 해보라고 하는 수정에게 그 점이 가장 아쉽다고 하니 혼 선배는 도도한 표정을 거두고 웃음을 터뜨렸다.

수정은 민트색 메모지 사건에 대해서는 문비에게 전부 들었다고 했다. 하긴, 벌써 반년 전 일이니 보고하기엔 다소 늦은 시점이었다. 그래서 혼 선배가 궁금해할 만한 다른 보고를 전하기로 했다.

　　바로 주호 이야기였다.

　　도하네 고등학교의 도서관 한쪽에는 만화 서가가 있다. 만화책 수서는 사서와 교사, 학생과 보호자의 견해차가 언제나 팽팽한 사안이지만, 현재 사서 교사는 좋은 만화를 엄선한다는 자부심으로 만화 서가를 꿋꿋하게 지켜내는 중이었다.

　　바로 그 서가에 주호가 읽었던 《라이트 워치》 시리즈 열일곱 권이 있었다. 지금도 계속 연재 중인 장편 만화로 만화 카페에 같이 갔던 때 쌓아놓고 보며 키득대던 기억이 번뜩 났다. 주호는 언제부터인가 도하의 의식 한편에 고정되어버린 존재지만, 어떤 책의 책등을 보고서 거꾸로 주호를 떠올리기는 그때가 처음이었다.

　　그 주말, 도하는 누나에게 용돈을

가불받아 서울행 버스에 올랐다. 내려서 대형
서점을 찾아 《라이트 워치》 앞부분 다섯 권을
구입해, 도망친 지 벌써 2년이 훌쩍 지난 옛
학교의 교실로 향했다. 한번 고른 문턱은
벗어날 수 없으니 누군가 전송하지 않았다면
주호는 여전히 거기에 있을 것이었다.

"그래서? 있었어? 안 덤벼들었어? 그 애
빨간불이라며. 책 태웠어? 아니, 빨간불한테
그 정도 주문으로 통하나? 너 괜찮았어?"

수정이 안경을 고쳐 올리는 것도 잊고
연달아 물었다. 대화 중에 이토록 열렬한
반응은 처음이었다.

마지막 질문에 먼저 답하자면 괜찮았다.
괜찮았으니 지금 여기서 수정과 담소를
나누는 중이리라.

"사실 엄청 겁먹고 들어갔는데 안 보였어.
불러도 대답도 없었고."

교실은 무서울 정도로 고요했다. 그냥
돌아갈까 잠깐 머뭇거렸지만 결국 발길을
돌리지 않고 예전 주호의 자리에 앉았다.
그리고 《라이트 워치》의 포장을 벗겨 1권부터
찬찬히 읽었다. 빠르지도 느리지도 않게
책장을 넘기며.

긴장은 조금도 놓을 수 없었다.
이세계(異世界) 경찰의 좌충우돌 코미디인데도,
글자는 읽어 내려갔지만 이야기에 몰입하기는
힘들었다. 웃긴 장면에서조차 웃음이 나오지
않았다.

"그 자세로 꼼짝없이 책만 쳐다봤어.
옆으로도 뒤로도 고개 안 돌리고."

"정말 무서웠구나, 너."

"다 선배 같은 혼은 아니잖아."

수정이 후후 웃었다.

"그리고, 거기에 있다는 걸 알아서였을

거야."

돌아보면 눈이 마주치고 말 거라고. 2권 중반쯤 되었을 때 확신이 들었다. 공격의 감각은커녕 작은 소리조차 들리지 않았지만, 알 수 있었다. 함께 읽고 있다는 것을.

그렇게 5권까지 다 읽고 나서야 도하는 자리에서 일어났다. 어느새 두 시간이 훌쩍 지나 있었다.

책 다섯 권은 책상 위에 그대로 두고서, 시선은 변함없이 앞으로만 향한 채 도하는 천천히 걸어 나가 앞문을 열었다.

그때였다. 뒤에서 팔랑 소리가 났다. 책장 넘어가는 소리였다.

결국 반사적으로 돌아보고 말았다. 그러나 교실에 처음 들어왔을 때와 달라진 풍경은 없었다. 주호의 자리에 가지런히 남겨둔 책 탑과, 그 탑의 가장 위에 있던 5권의 표지가 어쩐지 활짝 열려 있는 것 말고는.

창문은 모두 잘 닫힌 채였다. 드나드는
바람도 없었다. 그 풍경을 잠시 바라보다가
도하는 교실을 떠났다.

수정이 말했다.

"전송은 안 했구나."

도하는 어깨를 으쓱였다.

애초에 그럴 마음으로 간 것은 아니었다.
그리고 《라이트 워치》가 주호를 위한 정확한
주문인지, 아니, 과연 책이 주문이 되어줄지
아닐지조차 도하에겐 알 수 없는 일이었다.
조금 쓰린 고백이지만 그건 주호를 그만큼 잘
알지 못했다는 뜻과도 같았다. 알고자 하지
않았던 무심함까지도 포함하여.

그저 도서부로서의 재능을 살려 오래
멈춰 있던 대화를 이어가려고 했을 뿐이었다.
도망치지 않고 다시 마주하는 것을 시작으로.

딱 한 번 함께 갔을 뿐이지만, 만화 카페에서 같은 공기를 마시며 말없이 각자의 책장을 넘겼던 그날처럼.

그래서 이번 주말에도 《라이트 워치》 다음 편을 가져갈 계획이었다.

"주호도 《라이트 워치》 완결은 궁금해할 것 같아서. 아, 그리고 오늘 여기 온 이유는."

수정에게 그렇게 대꾸하며 도하는 가방을 뒤적여 책 한 권을 꺼냈다.

"방학 중엔 도서 입고가 없으니까, 선배 목 빠질까 봐 내가 기증하려고. 이거."

책의 표지를 보자마자 수정은 지금껏 한 번도 보여준 적 없는 환한 얼굴로 웃었다.

기증 도서는 바로 어제 나온 《유령 달력》 4권이었다.

작가의 말

독자와 작가, 두 가지 삶 중에서 단 하나만
선택해야 한다면?

잠시 망설이기는 하겠지만, 나는 결국
독자의 삶을 고를 것이다.

그만큼 누군가가 온 마음을 다해 창조한
이야기를 사랑하고, 그것들을 넉넉한
물성으로 품은 도서관 또한 아낀다.

도서관. 책의 수장고.

나이가 각기 다른 책들이 모여 이룬
종이의 냄새, 여백이 넉넉한 특유의 분위기는

어쩌면 그토록 매번 마음을 사로잡는지
모른다. 낯선 제목을 찾아서 책등과 책등
사이를 살피는 시간, 14일간 오롯이 내
차지가 된 활자의 바다에서 헤엄치는 일도 늘
흥미진진한 여정이다.

출산과 육아로 외출이 여의찮던 시기에
도서관에서 택배로 책을 보내주기도 했다. ('내
생애 첫 도서관'이라는 서비스가 있다.) 그렇게
받은 책을 펼치면 현관 밖으로 나가기도
힘들던 이 존재는 순식간에 먼 이국으로도
미지의 행성으로도 떠날 수 있었다.

쓸모없는 걱정이겠지만 사후 세계에
도서관이 없다면 얼마나 무료할지 나는 감히
상상하고 싶지도 않다. 그래서 글자의 힘을
빌려서라도 도하와 문비와 수정에게 함께
머물 자그만 도서부를 만들어주고 싶었다.

도서관 예찬을 조금만 더 하자면, 그곳을

사랑하는 다른 커다란 이유 하나가 더 있다. 바로 아무 대가 없이 내가 나로 존재할 수 있는 공간이기 때문이다.

누군가의, 또는 어딘가의 무엇으로서가 아니라 그저 자기 자신으로. 자유롭게 놓아진 에어리얼처럼. 심지어 책을 읽지 않는다 해도 도서관은 나를 기꺼이 맞이할 준비가 되어 있다.

쌀로 밥 짓는 당연한 소리 같기도 하지만 돌이켜보면 세상에 그런 장소는 생각보다 많지 않다. 그래서 도서관이 위태로운 이 계절, 더욱 특별하게 여기지 않을 수 없다. 그 공간이 허락하는 소중한 감각에 한 존재라도 더 닿기를 바라며 이 주문을 띄운다.

주문을 담아낼 지면을 기꺼이 마련해 준 위즈덤하우스 스토리독자팀에게 감사를

전한다. 그리고 마음속에 오래 타오를 이야기
하나쯤은 품고 계실 독자분들께도 깊이
감사드린다.

2023년 9월

연여름

* 이 작품을 쓰면서 도서관을 향한 애정이 가득 담긴 책
《도서관은 살아 있다》(도서관여행자, 마티, 2022), 《궁금
하지만 물어보기엔 애매한 학교도서관 이야기》(황왕용
외, ㈜학교도서관저널, 2022), 《다라야의 지하 비밀 도서
관》(델핀 미누이, 더숲, 2018) 등에서 많은 자극과 영감을
얻었다.
〈템페스트〉는 데클란 도넬란 연출의 2013년 공연의
기억에 기대 《템페스트》(윌리엄 셰익스피어, 문학동네,
2009)와 《The Tempest》(William Shakespeare, Wordsworth
Editions, 2004)를 함께 참고했다.

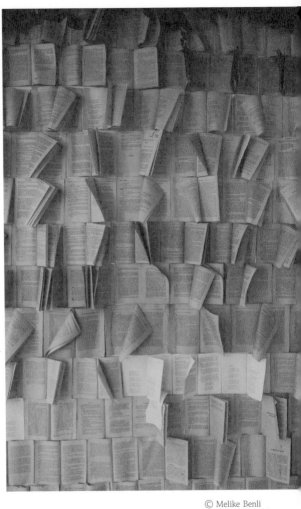

- 30

2학기 한정 도서부

초판 1쇄 인쇄 2023년 9월 15일
초판 1쇄 발행 2023년 10월 11일

지은이 연여름
펴낸이 이승현

출판2 본부장 박태근
스토리 독자 팀장 김소연
편집 강소영 곽선희 김해지 이은정 조은혜
디자인 이세호

펴낸곳 ㈜위즈덤하우스 **출판등록** 2000년 5월 23일 제13-1071호
주소 서울특별시 마포구 양화로 19 합정오피스빌딩 17층
전화 02) 2179-5600 **홈페이지** www.wisdomhouse.co.kr

ⓒ 연여름, 2023

ISBN 979-11-6812-731-9 04810
　　　979-11-6812-700-5 (세트)

값 13,000원

한 조각의 문학, 위픽 (wefic)